Du même auteur

De l'Art de la pensée créatrice (Edilivre)

Destins mêlés (Edilivre)

Petite balade de réflexion au cœur d'un réalisme sociétal (BoD)

© 2008 Aboubacar Sidibé
Edition : Books on Demand, 12/14, rond-point des Champs Elysées, 75008 Paris, France
Imprimé par : Books on Demand GmbH, Norderstedt, Allemagne
ISBN 978-2-8106-0138-7
Dépôt légal : novembre 2008

L'étoile polaire était hélas aussi, une étoile filante.

Dédié à la mémoire d'Aïsha Sidibé dite Anne Joachim

Sommaire

Elle, la parisienne					p 9

La force du verbe					p 18

Anne d'Or						p 26

Fablement vôtre					p 32

Chienne de vie, ma parole				p 36

Eburnie ou la cité des bonnes gens		p 39

EBURNIE

OU

LA CITE DES BONNES GENS

Recueil de Nouvelles

« *Quand tout se fait petit, femmes vous restez grandes* »
Victor Hugo

Elle, la parisienne

Elle dévalait rapidement les marches de l'escalier en colimaçon de sorte qu'elle eut le tournis. Ce qui l'obligea à s'asseoir pesamment sur la dernière marche pour se remettre de son étourdissement. Elle était habillée d'un imperméable noir, cintré à la taille par une grosse ceinture comme si elle voulait rappeler sa taille de guêpe à quiconque ne s'en serait pas douté car son imper maintenant trop grand ne laissait pas voir grand chose de ses nouvelles formes.

Il est vrai que son radioréveil l'avait réveillée ce matin avec la voix nasillarde du présentateur météo qui annonçait de fines pluies sur la capitale ce lundi matin. Pendant qu'elle se préparait, elle pouvait voir les gouttes de pluie glisser sur les vitres de sa fenêtre. Ceci n'était pas fait pour arranger son humeur déjà entamée par la perspective d'une longue journée de bureau à faire semblant.

A sourire à son patron quand il vous fait une remarque désobligeante mais qu'il croit assez subtile et qu'il vous croit assez idiote pour ne pas vous en apercevoir.

A rire aux blagues lourdes et moyennement drôles du petit chef qui est quand même le protégé du patron et qui peut vous faire entrer dans les bonnes grâces de ce dernier ou vous en faire sortir.

A écouter votre collègue d'à coté en faisant des mimiques de compassion ou de désolation suivant les propos lorsqu'elle vous raconte ses éternels problèmes alors que vous vous en moquez fichtrement.

Lorsqu'elle arriva sur l'avenue au pas de course ; le feutre gris vissé sur la tête abandonnant au vent le reste de sa belle chevelure ; un taxi passait. Machinalement, elle mit deux doigts à la bouche et souffla. Elle ne siffla point. Elle ne réussit qu'à s'arroser le visage de gouttelettes de son crachat. Elle se sentit ridicule. Peut-être que le regard qui pesait dans son dos, le regard de l'homme qu'elle venait de dépasser dans sa course, y était pour quelque chose. Elle voulait se donner un nouveau genre. Celui de ces femmes libérées. Celles des fantasmes des hommes. De celles qu'elle enviait il y a peu. Elle était une femme nouvelle. Et cela passait aussi par ses choix. Désormais, elle s'offrirait ce dont elle a envie. Ce jour, elle voulait aller à son travail en taxi.

Maintenant, un second taxi passait, elle ne se hasarda pas à une tentative non éprouvée. Elle le héla. Dans un crissement de pneu, celui-ci s'arrêta net devant elle. Une femme était au volant.

Cela n'avait aucune importance particulière pour elle mais cela la rassura. Elle n'aurait pas exigé que le chauffeur de taxi fût une femme, mais quand c'en était une, elle était plus heureuse.

Le taxi filait en empruntant effrontément la voie des bus et en évitant miraculeusement ces cyclistes des temps modernes. Ces cyclistes en costard ou tailleurs avec attaché-caisses qui arrivent à vous donner un sentiment de culpabilité lorsque vous êtes au volant de votre voiture. Vous arrivez à vous demander si vous n'auriez pas mieux fait de faire vos cents kilomètres à la marche, quitte à partir la veille parce que vous avez l'impression de faire périr des populations entières rien qu'en tournant la clé de contact de votre voiture.

Elle pensait et se disait que ses compagnons de voyage habituels, ceux qu'elle croisait chaque matin au métro, ne la verrait pas aujourd'hui. Ca leur ferait drôle, depuis le temps qu'ils se croisaient sans se dire mot. Elle avait remarqué certains de ces compagnons mais elle ne savait pas si elle avait été remarquée en retour. Est-ce qu'ils s'inquièteront de ne pas la voir aujourd'hui ? Quand ils la reverront, est-ce qu'ils lui souriront pour signifier qu'ils sont contents de la revoir ? Elle n'en savait rien mais elle se doutait qu'il n'en sera rien. Cela l'attrista. Elle savait que le ballet reprendrait le lendemain. Le ballet de milliers de gens indifférents les uns aux autres dans les couloirs, les quais et les rames de métro. Le ballet rythmé par les arrivées et départs de métros dans des bruits mécaniques médiocrement mélodieux. Entre deux bruits, on entend de temps en temps, une voix qui quand elle n'annonce pas de mauvaises nouvelles, accidents sur la voie ou panne de métro, met en garde contre les pickpockets comme pour rappeler la tristesse du monde au cas ou on serait tenté d'être un peu heureux. Elle était tellement perdue dans ses pensées qu'elle ne s'aperçut même pas que le taxi venait de garer devant l'immeuble qui abritait les bureaux de la société qui l'employait. Le compteur indiquait dix-sept euros. Elle tendit un billet de vingt euros à la conductrice. Cette dernière fit semblant de chercher la monnaie afin que ne pouvant plus d'attendre, elle la lui laisse. Elle avait comprit le subterfuge. Elle ne comptait pas se laisser faire. Après tout, pourquoi la conductrice ne lui laisserait pas plus qu'elle ne lui devait.

La conductrice finit par lui concéder une remise et lui remit un billet de cinq euros.

Comme à l'accoutumée, à son bureau, elle expédia les tâches routinières mais sa pensée était ailleurs. Comme depuis quelques temps déjà, elle épiait les regards des hommes sur elle. Elle dût se rendre à l'évidence. Des regards du genre qu'elle espérait, il n'y en avait pas. Même le bel homme qu'elle croisait au restaurant les midis semblait ne plus s'intéresser à elle. Elle dût faire une rétrospective. Son nouveau corps ne lui plaisait pas finalement. Elle avait l'impression d'étouffer dans un corps trop mince. Elle ne se sentait pas bien. Elle ne se sentait pas belle. Alors nul ne la trouvait belle. Elle regretta ses kilos perdus.
Sa collègue arriva quelques instants plus tard et lui fit un

geste de la main avec désinvolture pour la saluer. Que lui reprochait-elle ? Elle se montrait distante depuis quelques temps déjà. Voyait-elle en elle une rivale depuis qu'elle avait changé physiquement ? C'était un sacré malentendu car les hommes qui lui tournaient autour ne l'intéressaient pas. Quand ils la regardaient, elle décelait le filet de bave dans le coin de leurs lèvres comme un glouton devant un met apetissant. Elle savait qu'ils n'avaient envie que de posséder son corps. Cela la répugnait. Elle regretta ces autres hommes qui s'intéressaient à elle quand elle avait ses formes. Elle se dit que quelques fussent leurs intentions, c'étaient des hommes de caractère comme elle les aime. Ils se sont intéressés à elle sans se préoccuper du qu'en dira-t-on ou des regards moqueurs des camarades. Camarades qui eux-mêmes se moquent pour paraître dans le coup et qui rengorgent de fait, leurs élans envers les personnes grosses. Tout se passe comme une rumeur à laquelle personne ne croit mais que chacun colporte pour paraître branché. Une fois encore, elle regretta ses kilos perdus.

Cela faisait maintenant une bonne dizaine d'année qu'elle travaillait dans ce service, à faire un peu de tout. Son patron se refusait à lui attribuer une qualification et un poste précis. Il la flattait en prétextant qu'elle était indispensable à tous les postes. Mais elle n'était pas dupe. Elle savait bien que son patron entretenait cette situation parce que tant que son poste serait flou, elle ne pourrait rien exiger de concret se rapportant à un poste bien précis. Et puis en cas de licenciement, son patron considérerait le poste le plus désavantageux pour elle. Sur son contrat de travail, il est marqué : Assistante. Mais assistante de qui ou de quoi, c'était selon.

A propos de licenciement, elle y a songé. Elle y a songé après avoir envisagé la démission, cette dernière ne l'arrangeant pas parce qu'elle perdrait tous ces droits pécuniaires accumulés durement depuis dix ans. Mais comment se faire licencier ? La décision ne lui appartenait pas. La seule possibilité qui s'offrait à elle était de commettre une faute assez grave pour provoquer son licenciement. Mais alors, elle serait renvoyée pour faute grave et elle n'aurait pas la contrepartie financière qu'elle espérait. Elle se sentait prise au piège. Un piège malicieusement dressé à l'intention de la jeune diplômée qu'elle était. A l'obtention de son diplôme, les portes des entreprises qu'elle avait approchées étaient restées fermées. On lui exigeait de l'expérience. Et comme aucun employeur ne se risquait à employer une débutante, elle ne pouvait avoir cette expérience qu'on lui réclamait. Or pour elle, il était impératif de trouver un travail dans l'année ; avant la sortie de la promotion suivante ; sinon son diplôme serait comme caduque aux yeux des employeurs. C'est alors qu'elle commençait à désespérer qu'elle a été appelée par son patron actuel qui lui a proposé un poste d'assistante dans sa société qu'il disait être en pleine expansion. Elle n'était pas emballée par cette entreprise familiale dans laquelle tous les employés étaient parents, hormis elle. Elle se dit néanmoins, qu'elle resterait une année ou deux et que cela était toujours de l'expérience bonne à prendre. Elle ne se souvenait pas avoir envoyé de curriculum-vitae à cette entreprise. Mais il est vrai que devant les refus incessants, elle ne ciblait plus les entreprises dans ces lettres de motivation. Elle s'en remit à la théorie du grand nombre. Elle écrivit une lettre de motivation type dont elle fit des copies, y joint des curriculum-vitae, prit l'annuaire pour les adresses des entreprises de la région et envoya sa demande d'emploi à une vingtaine d'entreprise dont les noms commençaient par la lettre A, puis ce fut celles dont les noms commençaient par la lettre B, et ainsi de suite, jusqu'à la lettre Z.

Son patron lui promit une évolution de carrière. Au bout de la première année, il lui dit que l'avancement serait pour l'année suivante. Au bout de la deuxième année, il lui dit que ce serait pour l'année d'après. Il fit de même chaque année. Quand elle eut cinq années d'ancienneté, son patron ne se donna même plus la peine de l'amadouer avec de fausses promesses afin qu'elle reste. Elle était prise au piège. Elle serait trop perdante si elle partait sans compter que depuis son embauche, elle s'était construite une vie sociale dont son maigre mais sûr salaire entretenait les charges. Vie sociale qu'elle refusait de mettre en balance face à l'exaspération que lui provoquait son travail.

C'est lorsqu'elle vit sa collègue se diriger vers la porte après lui avoir lancé un mot qu'elle comprit à peine, qu'elle émergea de sa rêverie. Elle jeta un coup d'œil à sa montre. Celle-ci indiquait dix-huit heures. Elle se leva précipitamment comme si elle craignait d'être en retard à un rendez-vous important. Il n'en était rien. Mais il n'était plus question pour elle de faire des heures supplémentaires. Elle en avait gros sur le cœur. A-t-on jamais vu un prisonnier se préoccuper du bien-être de son geôlier ? Alors pour elle, plus vite, la société déposerait le bilan, plus vite elle serait licenciée et retrouverait sa liberté avec un pactole d'indemnité.

Elle prit son manteau et sortit en se disant qu'il lui fallait remplir son frigo qui se vidait trop vite maintenant depuis qu'elle ne se faisait plus livrer les délicieuses pizzas du restaurant italien d'en bas. Le restaurateur se donnait beaucoup de mal à se faire passer pour un italien mais personne ne s'y trompait. Il avait un fort accent arabe à couper au couteau. Contrairement à ce qu'il craignait, ses clients ne s'embarrassaient pas de considérations sectaires ou nationales. Il faisait d'excellentes pizzas et c'était cela qui importait. Alors son téléphone n'arrêtait pas de crépiter et son restaurant ne désemplissait pas.

Dans le supermarché, elle se dirigea vers le rayon bio dont elle était depuis peu une cliente régulière. Depuis son dernier marché, le rayon bio s'était agrandi. Les gens y affluaient de plus en plus. Et pourtant les prix restaient effrontément inchangés. Les patrons des supermarchés se frottaient les mains. Ils s'étaient tous transformés en défenseurs de l'écologie et de la bio-alimentation depuis qu'ils ont flairé que le bio devenait un business rentable. Eux qui hier encore, narguaient et snobaient les écologistes. Elle prit quelques boîtes de conserves avec le sentiment d'œuvrer pour une bonne cause. Ce sentiment était sa consolation car avec l'argent qu'elle allouait à la popote mise en rapport des prix de l'alimentation bio, elle ne pouvait que s'affamer.

Elle rentra chez elle. Un bol de soupe chaude tenu à travers les manches trop longues d'un vieux pull délavé, elle s'affala dans son canapé de chez Ikéa. Elle entreprit alors son habituelle conversation avec les présentateurs télé. La télé émettait les seules voix humaines qu'elle entendait chez elle. Alors parfois elle parlait aux présentateurs à travers la télé. Ils ne lui répondaient pas, trop occupés à faire leurs métiers. Elle ne leur en voulait pas. Ils avaient raison. Ils aimaient leurs métiers et ils y tenaient. Ils ne voulaient pas se laisser distraire. Ils n'allaient quand même pas se compromettre en faisant la conversation à une jeune parisienne seule, anciennement belle et nouvellement à la mode.

« Le langage et la pensée sont comme le recto et le verso d'une feuille de papier. On ne peut pas découper le recto sans découper le verso »

Ferdinand de Saussure.

La force du verbe

Une nuée de poussière s'éleva dans le ciel au point de l'assombrir. Les bruits lourds et graves qui accompagnaient cette obscurité soudaine faisaient penser qu'une pluie violente se préparait. Les scorpions se terraient dans le sable chaud de ce désert dont ils s'étaient faits maîtres au côté d'autres bestioles rampantes. Les cancrelats s'enfonçaient toujours et encore plus profondément dans le sable. Ce qui faisait comprendre finalement qu'en fait de pluie, il n'en était rien sinon ils n'auraient pas dédaigné un peu de fraîcheur. Un autre évènement bien moins naturel se préparait.

Sous le centenaire jujubier, la petite tribu de peuhl s'organisait prestement. Les femmes et les enfants montaient aux dos des ânes avant que l'on claque leurs croupes pour les voir s'éloigner vite en brayant de douleur. Au bout de quelques instants, il ne restait sous le jujubier qu'une dizaine d'hommes armés de lances, qui scrutaient l'horizon. Quelques instants plus tard, la frayeur était dans leurs rangs. Leurs cœurs battaient violemment comme s'ils allaient sortir de leurs chétives et nues poitrines. La raison de cette hausse soudaine de frayeur était qu'on voyait poindre en haut des dunes rebondies et nivelées comme des poitrines et des cambrures féminines, les têtes des premiers chevaux de l'armée des almoravides. Les almoravides étaient réputés sanguinaires. Ils ne laissaient aucun quartier à quiconque refusait de se convertir à l'islam. Leurs ancêtres avaient pris les armes pour se défendre et avoir le droit d'exercer pacifiquement leur culte. Eux prenaient maintenant les armes pour attaquer et interdire aux autres d'exercer le leur.

La petite poignée de peuhls armés était déterminée à en découdre avec les almoravides malgré la peur qui les habitait. Il en allait de leur fierté et de leur indépendance. N'étaient-ils pas les descendants des pharaons, fiers et dignes maîtres d'Egypte ? N'étaient-ils pas ceux dont toutes les tribus vantaient dans des joutes proverbiales, les divers dons réels ou supposés ?

Soudain, sur la dune, l'armée des almoravides stoppa sa chevauchée. Un grand homme malingre venait à leur rencontre. C'était le prince Sid.

—Ton maître t'envoie implorer notre clémence. Repars et dis-lui d'attester qu'il n'y a de Dieu que Dieu et que notre prophète est son envoyé. Ainsi il pourra sauver sa vie et celle de son peuple. Lui lança Vamé, le chef des almoravides.

—Je ne viens au nom de personne. Je suis le prince Sid de la tribu que vous vous apprêtiez à attaquer. Je suis ici à l'insu de mon père le roi pour vous épargner la vie. Le roi n'acceptera jamais de se convertir. Ce n'est pas le culte qui le rebute. C'est la violence de la conversion qu'il refuse. Il ne veut être obligé en rien. Nous attendions votre attaque. Toutes les tribus animistes nous ont ralliés. Vous êtes à présent cernés de partout. Vous ne partirez pas d'ici vivants à moins que vous rebroussiez chemin et que vous repartiez comme vous êtes venus.

Le chef des almoravides était interloqué. Jamais, les redoutables almoravides n'avaient essuyé la moindre défaite ni même rencontré la moindre résistance.

Etait-ce un bluff ? Non, ce prince Sid n'oserait pas, à moins d'être suicidaire. Et puis, ces peuhls ont quand même une sacrée réputation. On leur prête beaucoup de pouvoirs surnaturels auxquels il vaut peut-être mieux ne pas s'y frotter.

—Merci prince. Maintenant que tu nous as sauvés la vie, les tiens ne te le pardonneront pas. Viens avec nous. Tu seras comme un fils pour moi.

C'est le cœur saignant que le prince Sid accepta. Mais, il se consola en se disant intérieurement qu'il se sacrifiait ainsi pour éviter à sa tribu d'être décimée.

Et ils s'en allèrent jusqu'au pays des almoravides.

Le jour même de son retour dans sa famille, le chef des almoravides réunit tous les siens et leur parla en ces termes :

—Lors de notre dernière expédition, nous y aurions laissé nos vies si le prince Sid que voici n'avait pris pitié de nous. Il nous a avertis d'une embuscade que nous avaient tendue les infidèles. Nous lui devons nos vies. Désormais, il est de notre famille. Je proclame qu'il portera dorénavant notre nom : Toure. C'est ce que nous avons de plus sacré et c'est le moins que nous puissions faire pour prouver notre gratitude. Gare à quiconque osera profaner ce serment en ayant une attitude qui suggère à Sid et à ses descendants qu'ils ne sont pas des nôtres. Ma parole vaut pour aujourd'hui et pour les temps à venir. J'ai dit.

En ces temps-là, la parole valait son pesant. Une chose dite ne pouvait être dédite que par son auteur. Et une personne digne n'avait qu'une parole. Ainsi, Sid s'intégra à sa nouvelle famille et y vécu du mieux qu'il pu. Comme tous les hommes mûrs se devaient de faire en ces lieux et à cette époque, il prit femme sur sa nouvelle terre d'accueil et fonda sa propre famille. Le temps passant, l'on semblait oublier les origines peuhles de Sid et de ses descendants. En réalité, tous l'avaient à l'esprit mais personne n'osait l'évoquer de peur de déchaîner la colère de l'ancêtre.

Plusieurs années plus tard, Sid et le chef des almoravides avaient quitté ce monde. Leurs descendants respectifs s'étaient mêlés et étaient devenus une seule et même famille. A la moitié des années quarante, Sid n'avait plus dans sa seule lignée qu'un seul descendant mâle nommé Aristophane.

Aristophane était en âge d'aller à l'école des toubabs. Il avait passé les dernières années assis en tailleur sur une natte en compagnie d'autres gamins à réciter des litanies coraniques sous le regard méchant du marabout qui avait droit de bastonnade sur eux au nom de l'instruction coranique. L'école française n'avait pas vraiment de l'importance mais qu'allait-on faire de ce gamin maintenant que son père n'était plus. Si son père avait vécu, Aristophane serait devenu commerçant comme lui et l'aurait accompagné sur les routes dans ses nombreux voyages. Mais, son père avait disparu trop tôt et c'était cela l'un de ses plus grands drames. Sa mère était morte de chagrin peu de temps après. Et c'était cela son autre plus grand drame. C'était ce qu'il pensait en ce temps-là.

En effet, pensait-il, s'il n'avait pas été orphelin, l'on ne se serait pas empressé de se débarrasser de lui. L'on l'a réveillé de bonne heure sans qu'il sache ce qu'il en retournait. Après l'avoir sommé de se laver le visage avec l'eau froide contenue dans la calebasse qu'on lui tendait, on fit venir

Siaka l'idiot de la famille et du village. A ce dernier, on demanda de conduire Aristophane à la mission catholique afin de l'inscrire à l'école des toubabs.

Lorsque Siaka et Aristophane arrivèrent à la mission catholique, d'autres gamins y étaient déjà. Certains pleurant ; silencieux ; dans les coins de la cour, d'autres joviaux ou insouciants couraient à soulever un brouillard de poussière en jouant à Solé, une autre version du jeu de cache-cache qui consistait à ce que les gamins cachés qui se faisaient dénichés, s'enfuient jusqu'à ce qu'ils se fassent attrapés.

A travers la poussière, Siaka put voir loin devant, sous le préau, un rang d'hommes et de femmes. Chacun tenant fermement dans sa main le poignet d'un enfant ou d'un adolescent. Violemment, il tira Aristophane et se dirigea vers le rang qu'il rallongea de sa personne et de celle d'Aristophane. En face du rang, un bureau était dressé, derrière lequel se tenait un homme en embonpoint avec la barbe, la moustache et les cheveux touffus d'où brillaient des yeux de noisettes et émergeait un grand nez bossu. Siaka attendit son tour, craintif. Comment ferait-il, lui qui ne parlait pas la langue des toubabs. Comment font-ils, tous ces gens, parlent-ils le toubab ? Le toubab parle-il leurs langues ? Siaka observait. Chaque fois qu'une personne arrivait devant le toubab, ce dernier disait quelque chose. La personne répliquait et le toubab gribouillait quelque chose dans son grand cahier. Le rang avançait et Siaka était de plus en plus inquiet. Il sollicita sa mémoire à la recherche d'un mot toubab qu'il aurait entendu un jour par hasard. Ce mot pourrait peut-être le sortir d'affaire, se dit-il naïvement. Mais ce fut en vain, sa mémoire s'était rendormit depuis trop longtemps, ennuyée de ne jamais servir. Elle paressa donc. Cependant, dans un ultime effort, il se souvint. On lui eût raconté que lorsqu'un toubab vous parle et que vous ne comprenez mot, il convient de sourire. Il croit ainsi que vous le comprenez et vous évitez son courroux.

Enfin, Siaka tenant Aristophane au poignet, arriva en face du missionnaire inscripteur qui demanda :

—Alors comment s'appelle ce jeune beau diable ?

En guise de réponse, Siaka goguenard, fixa le missionnaire en hochant la tête de haut en bas et en lui souriant jusqu'aux oreilles.

Le missionnaire reprit : —Comment s'appelle-il ?

Alors Siaka comprit qu'il lui fallait dire quelque chose. Il dit la première chose qui lui vint à l'esprit : —Aristophane Sid, missié. Le missionnaire inscrivit Aristophane Sid.

Comme on le lui avait recommandé, Siaka laissa Aristophane à la mission catholique et rentra seul au village. Comme si l'on avait pressenti la fatale erreur, précurseur d'un très probable malheur imminent, on lui demanda à quel nom il avait inscrit Aristophane.

—A son vrai nom, au nom de Sid évidemment. Dit-il fièrement.

—As-tu donc oublié le serment qui nous a été transmis par nos pères, la parole de notre ancêtre ? lui dit-on. As-tu oublié le pacte de nos ancêtres ? Ne sais-tu donc pas qu'en appelant ce petit Aristophane Sid plutôt qu'Aristophane Toure, tu romps ainsi le pacte de nos ancêtres ?

Une semaine après, Siaka mourut mystérieusement. On raconte que c'est la malédiction qu'a proférée l'ancêtre à l'attention de quiconque s'opposerait à sa parole, qui s'est abattue sur Siaka.

Siaka serait-il mort s'il n'avait pas commis ce sacrilège ? Nul ne le sait. La parole est-elle assez forte pour provoquer des évènements, même longtemps après avoir été dite ? Certains se plaisent à penser que oui. Si la parole est la formulation de la pensée, et quand on sait la force de la pensée, il n'y a pas lieu de douter de la force de la parole. Bien entendu, si la pensée et la parole s'éloignent comme c'est de plus en plus le cas, à force de dire des choses qu'on ne pense pas et de penser des choses qu'on ne dit pas, la parole aura de moins en moins d'impact sur les évènements.

« *Ce n'est point de l'espace que je dois chercher ma dignité, mais c'est du règlement de ma pensée. Je n'aurai pas davantage en possédant des terres : par l'espace, l'univers me comprend et m'engloutit comme un point ; par la pensée, je le comprends.* »

Blaise Pascal

Anne d'Or

Une brise légère et glaciale m'effleura la joue. Je me réveillai et sursautai. J'avais donc passé la nuit dans ce jardin public sur le banc à peine dégagé des fientes séchées de pigeons envahisseurs depuis qu'ils n'étaient plus voyageurs. Je me redressai à la hâte et me rassis avant d'essayer de me remémorer le scénario des faits qui m'avaient conduit en ces lieux. Pourtant, je connaissais bien ce jardin. J'y venais souvent passer des heures en compagnie d'Anne. Je me souvins de la veille.

Anne m'a appelé en début d'après-midi pour me proposer un rendez-vous au bistrot. Comme d'habitude, je suis arrivé avec quelques minutes de retard. Impatient de nature, je préférais me faire attendre que d'attendre. Anne m'attendais dans le fond du bistrot. C'était sa place favorite. De là, elle pouvait voir arriver tout le monde. Elle était craintive depuis qu'elle s'était faite surprendre par Paul son ex-mari, alors qu'elle prenait un verre avec des copines dans un bar après sa séance chez la coiffeuse. Paul avait chronométré toutes les activités d'Anne et exigeait d'elle qu'elle rentre à la maison à une heure précise qu'il avait fixée lui-même. Très jaloux, il interprétait le moindre retard d'elle comme une entaille dans leur mariage. Il estimait avoir tous les droits sur elle.

Le père d'Anne, ancien aristocrate avait perdu toute la fortune de sa famille dans les casinos du monde entier. Ne pouvant se résoudre à une vie plus modeste, il n'a pas eu d'autre solution que de trouver un beau parti à sa fille. C'est alors qu'il s'était incrusté dans le restreint cercle d'amis de Paul, nouveau riche ayant fait fortune dans la vente de jeunes talents de football à de riches clubs européens. Paul était certes riche mais il lui en fallait plus. Il lui fallait un nom. Le père d'Anne lui avait proposé donc de l'accepter comme associé en échange de la main de sa fille Anne. Ce qu'il avait accepté aussitôt. Des contrats, Paul en signait très souvent. Et cet accord avec le père d'Anne en était un comme les autres. Un contrat motivé par les seuls intérêts égoïstes. Depuis, il estimait qu'Anne lui appartenait.

Anne et moi, nous nous connaissions depuis seulement deux semaines mais nous étions déjà très épris l'un de l'autre. Lorsque je l'ai connue, elle avait quitté son mari depuis bien longtemps. Elle en avait eu le courage enfin. Elle était revenue habiter chez son père.

Dans le bistrot, je m'approchai et m'assis en face d'elle. Elle baissa son regard, fuyant le mien. Je lui pris les mains qu'elle posait de chaque côté de la tasse de café fumant. Elle me les retira ostensiblement. Je compris que l'heure était grave.

Entre des raclements de sa gorge obstruée par des sanglots retenus, elle m'annonça qu'elle retournait avec Paul. La cohabitation avec son père était devenue insupportable.

Elle s'était imaginée à tord que son père lui ouvrirait les bras, la consolerait de ses années passées à subir son mari et qu'ils reprendraient la vie à deux comme ils l'avaient toujours fait depuis aussi longtemps qu'elle s'en souvienne. Sur sa mère, Anne n'avait jamais posé de question et son père n'avait jamais rien dit. Il s'était toujours contenté de payer. Payer pour tout. Une baby-sitter pour lui tenir compagnie jusqu'à l'âge de ses douze ans, une école des plus réputées et des plus chères, une femme de ménage pour lui éviter d'affronter la moindre poussière sur son bureau et pour lui faire son lit, un cuisinier pour lui faire les mets qui sauraient flatter son palais sensible et capricieux de noble. Et lorsqu'Anne s'est mariée, Paul, son mari a pris la relève et s'est occupé de la maintenir dans son cocon. Mais à présent, les choses étaient différentes. Le père d'Anne n'était plus aussi riche qu'il avait été et il était financièrement dépendant de Paul. De voir Anne revenir chez lui, signifiait la rupture de son accord avec Paul et sa déchéance financière. Il s'évertua donc à tout mettre en œuvre pour qu'Anne retourne dans son foyer. Il usa de tous les subterfuges : supplications, menaces de se suicider, chantages affectifs. Finalement, Anne céda.

Elle m'avait donc fait venir pour m'annoncer sa décision de rompre notre histoire en espérant que je la comprendrais. Elle m'en demandait trop. Je ne la compris pas. Nous rompîmes cependant. J'étais bouleversé mais je ne voulais rien laisser paraître surtout. S'il me restait encore une chance de la retenir, je la gâcherais en larmoyant. Et pourtant ce n'est pas l'envie qui me manquait. Pleurer, verser de grosses larmes d'homme viril longtemps contenues dans un océan d'autres choses interdites aux hommes. Et pourquoi n'aurais-je pas le droit de m'effondrer dans les bras d'Anne, de la supplier de ne pas me quitter, de lui avouer qu'elle était ce qui m'était arrivé de meilleur, que j'étais chaque jour meilleur grâce à elle, que je l'aimais ? Mon envie resta en moi. Je n'en fis rien. Je me contentai de commander une bière que je descendis avec une telle rapidité que je souhaitai qu'elle entraînât ma peine. J'en commandai une autre, puis encore une autre. Plus je buvais, plus je construisais une autre réalité qui me satisfaisait et moins j'avais conscience de mon environnement réel. Je ne m'aperçus même pas qu'Anne s'était levée et était partie. Je me levai et fouillai dans la poche de ma veste. Je trouvai quelques billets que je déposai sur la table et je sorti en titubant. Je marchai sans savoir où j'allais. Mes pas me conduisirent dans ce jardin public. Peut-être s'étaient-ils souvenus du chemin que je les avais forcés à emprunter avec tellement d'empressement ; ces derniers jours ; pour rejoindre Anne. Ma chère Anne.

Je me rassis et cherchai du regard la fontaine. Je la vis trônant au milieu du jardin, laissant échapper un jet d'eau clair du pénis d'une statue de bonhomme rondouillet. J'allai me laver le visage et avant de retrouver ma petite chambre de bonne, j'entrepris de revoir Anne. Je procédai comme nous l'avions toujours fait chaque fois que nous voulions nous voir. Je l'appelai de mon téléphone portable. Elle ne répondit pas. Je masquai mon numéro et rappelai. Elle décrocha. A sa voix, je sus qu'elle était surprise de m'entendre. Je me hâtai de débiter des mots craignant qu'elle raccroche avant que j'aie posé un rencard.

Je lui demandai de me retrouver chez moi. Elle ne répondit pas et raccrocha. Je rentrai à mon domicile et j'attendis quand même. Le temps me sembla long. Je sursautais aux moindres bruits dans les escaliers. Trois heures plus tard, alors que je commençais à m'assoupir, on frappa à ma porte. C'était Anne. Dès que j'ouvris la porte, elle m'enlaça de toutes ses forces en sanglotant. Elle releva vers moi des yeux embués. Elle m'embrassa goulument. Je ne réagis point. Cela l'intrigua mais lui plu. Elle se sentit forte d'avoir été active et moi passif. Nous nous installâmes sur le bord de mon lit et elle se confia.

Elle a su qu'elle m'aimerait depuis notre première rencontre. Elle aurait tant voulu vivre pleinement son amour avec moi. Mais elle n'avait pas été élevée pour une vie ordinaire. Sa vie hors normes était tout ce qu'elle connaissait. Paul mettait sa fortune à la disposition d'Anne pour qu'elle continue de vivre de la sorte. Elle aurait voulu d'une autre vie. Mais elle en ignorait les codes. Je la rassurai et la pris dans mes bras. Elle s'abandonna. Je lui chuchotai des mots tendres à l'oreille. Elle comprit que les jours prochains seraient meilleurs. Nous nous aimâmes.

« *L'homme qui a faim n'est pas un homme libre* »

Félix Houpouët-Boigny

Fablement vôtre

Un mathématicien et un linguiste devant une juge se [retrouvèrent
À la suite d'un accident d'autos qu'ils provoquèrent
La juge leur donna la parole.
Le linguiste en premier égrena les rôles :
Ce ventripotent coiffé d'un sombrero, vers moi convergea
Et quand je tournai, il me bouta.
Voici madame la juge ce qui entraîna cette peccadille.

Ce fut le tour du mathématicien qui d'habitude, fièrement
[s'égosille :

Nous semblions être sur deux sécantes droites

Le point d'intersection était la pancarte stop se tenant toute
[droite

Brusquement, avec un changement de repère,

Nous nous retrouvions sur deux droites perpendiculaires

Lorsque la roue arrière de sa voiture décrivit un angle de
[quatre- vingt dix degrés

Et vint orthogonalement sur moi qui m'apprêtais à la subir
[contre mon gré

Sa déviation faisait de son sinus

Ce que mon inclinaison faisait de mon cosinus

Si nous appliquions les formules trigonométriques, Madame,

Quel serait le drame…

La juge fit s'exprimer le seul témoin,

Dont la profession était d'être historien :

L'accident auquel j'ai assisté avait pour contexte celui de la
[guerre froide.

Que j'ai longtemps étudié à m'en rendre malade

Les deux belligérants sont originaires l'un du bloc
[capitaliste,

L'autre du bloc communiste.

L'un venant de l'ouest et l'autre, de l'est arrivant,

Lorsqu'ils se croisèrent violemment

Ils auraient pu signer sur place un accord

Pour mettre fin au conflit qui commençait alors.

Mais voulant montrer chacun sa force,

Ils ont fait à la paix, une profonde entorse

Ainsi va l'homme, se nourrissant de sa domination sur son [prochain.

Qui prédit la fin de ce vice est bien malin

La juge se sentant dépassée,

Hors de sa vue, les fit tous chasser

Les renvoyant au lendemain.

A leurs affaires, ils allèrent vaquer

Et de la sienne, elle s'occupa.

Ce jour, point de solution ne fut trouvée

Car chacun de son nombril s'occupa

Quand le lendemain fut venu,

Le mathématicien insolent était richement vêtu,

L'historien avait l'éducation bien tenue,

La juge était de fortune très riche,

Bien qu'ayant juré qu'elle rendrait une justice sans triche,

Elle se sentit d'affinité avec le mathématicien,

Et elle donna tord à l'historien,

Bien mauvaise est la justice des humains,

Mais les sans voix s'efforcent à s'en contenter fort bien

« *Tu dis que tu aimes les fleurs et tu leur coupes la queue, tu dis que tu aimes les chiens et tu leur mets une laisse, tu dis que tu aimes les oiseaux et tu les mets en cage, tu dis que tu m'aimes alors moi j'ai peur* »

Jean Cocteau

Chienne de vie, ma parole

Ma vessie m'alerta qu'il était l'heure de ma sortie. J'allai gratter bruyamment la porte. Maîtresse vint et me mit ma laisse. Dès qu'elle ouvrit la porte, je me précipitai dehors, entrainant ma frêle maîtresse. Je dus m'arrêter bêtement et impuissant devant l'ascenseur. Je n'étais pas outillé pour l'appeler. Maîtresse s'en chargea. Nous nous engouffrâmes dans l'ascenseur et nous retrouvâmes bientôt dans la rue. Il devait faire très froid. Maîtresse grelotait mais moi, mon pelage me gardait chaud. A chaque pas, je reniflais le macadam à la recherche d'information odorante nouvelle. Je voyais bien que cela exaspérait Maîtresse. Elle avait hâte de retourner à l'appartement. Mais je me délectais de ce rare moment de promenade. J'appréciais particulièrement ces moments car c'étaient les seuls moments pendant lesquels, je n'avais pas le sentiment de perdre mon âme. Je me sentais redevenir un chien. Nous passâmes devant une villa. Une chienne épagneul aux longs poils soigneusement peignés en sortit. Elle était tenue en laisse par une jeune dame sophistiquée. La chienne avait un air hautain. Elle était distinguée. Elle ne trainait pas son museau par terre comme je le faisais. Pourtant, elle me fit de l'effet. J'espérais qu'elle fût en chaleur. Je humai l'air qui me ramenait ses effluves. Elle sentait l'eau de Cologne. Je crus devenir fou. Elle avait tout du physique d'une chienne, mais elle n'en avait pas l'odeur. Etait-ce un humain qui s'était déguisé ? Cela ne m'aurait pas surpris vu que sa maitresse lui parlait et qu'elle semblait tout comprendre. J'aboyai, espérant qu'elle en fît de même. Elle n'en fit rien. Au contraire, elle me lorgna comme si elle me reprochait de risquer de réveiller les braves riverains. Elle se frotta contre les longues jambes de sa maîtresse. Celle-ci lui caressa la tête, s'abaissa et l'embrassa, comme pour la féliciter de n'avoir pas suivi l'exemple de ce mal dressé que j'étais. Je compris que cette chienne ne l'était plus si tant est-il qu'elle l'eut été un jour. Elle a peut-être toujours vécu de la sorte depuis sa naissance. Sa maitresse l'a toujours traitée comme un humain au point qu'elle a cru qu'elle l'était. Je la trouvai ridicule et pitoyable. En ce moment, j'adorai ma maitresse plus qu'à l'accoutumé pour m'avoir laissé un peu de ma vie de chien. J'excellais dans ce rôle de chien. J'étais conçu pour. J'exprimai ma gratitude à ma maitresse en aboyant de plus belle. J'étais fier. Je bombai mon torse, étirai mes pattes et marchai de toute ma taille de jeune labrador de trois ans.

Maîtresse défit ma laisse. Je courus pour me dégourdir les muscles. Une vingtaine de mètres plus loin, j'arrivai au pied du vieil arbre que j'arrosais deux fois par jour depuis trois ans. Peut-être qu'il m'était reconnaissant de l'abreuver ainsi ou peut-être qu'il me haïssait de l'intoxiquer de mon urine. Je n'en savais rien. Je lui pissai dessus quand même et je me soulageai de la crotte qui me tiraillait l'estomac. Maîtresse me rejoint et me remit ma laisse. Nous rentrâmes à l'appartement.

Maîtresse me servit des croquettes. Comme d'habitude, je les boudai. Elle ne remarqua pas. Comme d'habitude, tenaillé de faim, je finis par les manger. Je maudis l'inventeur de ces croquettes qui avait dû se dire ; à tort ; que ce qui était bon pour les humains, l'était forcément pour nous les chiens. Mes mâchoires puissantes ne me servaient-elles donc plus à rien ? J'aurais tout donné pour un os défraîchi à rogner.

Maîtresse s'apprêtait à partir. Pendant cinq jours de la semaine, elle partait ainsi chaque matin et ne revenait qu'au soir. Je restais seul à tourner en rond.

Elle alluma la télé et installa ma litière en face de l'écran. Je compris qu'elle voulait que je restasse là. A la télé, il y avait d'autres chiens qui couraient dans des vertes plaines et qui jouaient avec des humains. Ils avaient tous l'air heureux. Je les enviai.

Je maudis ma chienne de vie. J'aurais tout donné pour avoir une vie de chien tout simplement.

« Nous devons apprendre à vivre ensemble comme des frères sinon nous allons mourir tous ensemble comme des idiots »

Martin Luther King

« Les murs de Rome tomberont quand on commencera à traiter les étrangers plus mal que les romains »

Cicéron

Eburnie ou la cité des bonnes gens

Tout commença dans un passé pas si lointain. Les dieux-rois se sont réunis pour se partager leurs butins. Ensemble, ils avaient conquis et annexé les lieux de leurs anciennes vies. Pour la plupart d'entre eux, ces vies passées étaient des souvenirs refoulés ou dissouts dans un trop plein de bonheur divin. A l'exception de quelques élus, dépositaires de la mémoire causal d'une vie antérieure. En effet, à cette époque, la mort telle que nous la concevons aujourd'hui n'existait pas. Lorsque quelqu'un mourrait, il arrivait qu'il muât instantanément en dieu et s'élevait à la cité qui était dès lors sienne.

La cité des dieux était un double de notre monde. Tout ce qui existait dans notre monde avait son double ou presque à la cité des dieux. La cité était divisée en parcelles plus ou moins grandes correspondant aux parcelles de notre terre.

Lorsque quelqu'un connaissait la mort physique sur terre ; s'il était âgé de plus de sept ans ; il transitait à la cité des dieux. Il réapparaissait dans la parcelle jumelle de celle qu'il habitait sur terre. Il réapparaissait de même dans le milieu familial de ceux qui étaient de sa famille sur terre et qui l'ont précédé à la cité des dieux.

En revanche, si le défunt avait moins de sept ans, il revêtait un nouveau corps pour renaître sur terre et y revivre dans la même famille.

Entre la cité des dieux et le monde des Hommes, la visibilité était à sens unique. Si les dieux, de leur cité, pouvaient observer les Hommes, il n'en était pas de même pour ces derniers.

Les dieux pouvaient regarder avec compassion, amour, rancœur ou haine les Hommes qu'ils avaient connus mais il leur était interdit d'intervenir dans leurs affaires.

Les dieux avaient décidé de conquérir de nouveaux espaces. Pour leur conquête, ils n'avaient pas lésiné sur les moyens car ils avaient bien conscience de la récompense à la clé : des terres fertiles où s'étendent des forêts de « cabossis éburnitus » ; la nourriture des dieux ; et les habitants des terres réduits à la servitude. Cela tombait à pic car le royaume des dieux était à la limite de l'implosion. Les dieux- citoyens ne s'accommodaient plus des règles éditées par le conseil. Ils voulaient plus de liberté et d'opportunité d'accéder à des nouvelles responsabilités. L'atmosphère était tendue à la cité des dieux. La découverte de ces nouvelles terres était une aubaine d'accalmie sociale car la politique de leur mise en valeur constituait un projet de vision commune qui réunirait tous les dieux, nantis ou moins nantis, dirigeants ou non. Une question demeurait : comment les différents royaumes de dieux allaient-ils se partager les terres ?

Les dieux-rois tinrent une grande réunion au cours de laquelle devait se partager le butin inéquitablement selon le poids de chaque royaume. Avec un crayon de papier, le maître de cérémonie tira des trais continues de long en large et de haut en bas sur une carte confectionnée pour l'occasion découpant ainsi la vaste étendue en plus ou moins petites parcelles qu'ils allaient se partager. Les dieux venaient d'influencer durablement la vie des habitants de ces terres car ces lignes tracées au crayon se traduisaient dans la réalité comme des murs de séparation entre une mère et son enfant, entre un frère et une sœur, entre un oncle et son neveu. En effet, ces parcelles avaient été constituées sans tenir compte des réalités des populations qui y vivaient.

L'un des dieux-roi usa de son influence pour s'approprier

une parcelle que tous convoitaient particulièrement. Il avait l'intention d'en faire son jardin, le bijou de ses acquis. C'était une parcelle située au carrefour d'autres grandes étendues. De fait, elle comprenait toutes les végétations et différents climats. De plus, le peuple qui y vivait avait l'air sympathique, serviable et très peu prompt à la révolte. Le dieu-roi choisi d'appeler ce joyau des terres : Eburnie.

C'était un vent qui soufflait sur toutes les terres annexées par les dieux. Le vent de l'autonomie. Les populations des parcelles se sont choisi ou se sont vu imposer des chefs qui leur ressemblaient puis elles ont exigé des dieux qu'ils leur reconnaissent le droit inaliénable de tout peuple à disposer de lui-même et de son avenir. Dès lors, s'engagea un bras de fer entre les peuples et les dieux. Les dieux-rois avaient intégré l'appartenance de leurs terres conquises dans leurs politiques et n'imaginaient pas s'en voir dépossédés. Que feraient-ils de tous ces dieux-citoyens exilés sur ces terres et qui reviendraient au royaume où il n'y avait plus de place pour eux ? Comment allaient-ils gérer le réveil de conscience des dieux-citoyens trop longtemps endormis par un complexe de supériorité qu'on leur avait inculqué ? Ce complexe de supériorité qui leur faisait accepter leurs conditions et les images que leur renvoyaient leurs miroirs.

Finalement, non sans mal, les dieux-rois rappelèrent les

dieux-citoyens expatriés et leur interdirent d'avoir désormais affaire aux Hommes.

En Eburnie, les choses se passèrent assez calmement. Le dieu-roi après maintes tractations reconnut à Eburnie son autonomie. En vérité, il n'en était rien. Fhob, le tout nouveau chef d'Eburnie n'était que la main agissante du dieu-roi. Et il en était de même dans la plupart des parcelles nouvellement autonomes. Fhob était très charismatique et intelligent. Il comprit très tôt qu'il avait intérêt à éviter les confrontations trop viriles avec ses dieux d'hier afin de bénéficier de leurs largesses et de leurs protections. Il comprit aussi qu'au delà de toute appartenance originelle à Eburnie, ce qui prévalait était la volonté de participer à sa prospérité. Toute personne était enfant d'Eburnie dès qu'elle s'inscrivait dans un projet commun: le rayonnement d'Eburnie. Il fit promulguer cette curieuse loi: "En Eburnie, la terre appartient à celui qui la met en valeur". Les populations des autres territoires voisins émigraient massivement vers ce havre de paix et de fraternité, fuyant les excès de leurs petits chefs avides de pouvoir. Eburnie était dirigée malicieusement. Fhob était un fin politicien. A l'image des autres chefs, il s'appropriait impunément une partie des richesses du territoire qu'il dirigeait, mais à leur différence, il donnait implicitement le droit à tous ceux qu'il nommait de se servir. Et comme il ne pratiquait pas de népotisme, nul n'avait de raison de se plaindre. Il était donc à l'abri d'une révolte. Cette situation convenait à tous. Le peuple se retroussa les manches et travailla dans l'allégresse. Eburnie connut un développement à nul autre pareil dans les environs à tel enseigne qu'on parla du miracle éburnéen. Le peuple éburnéen en était l'artisan et

Fhob en était le maître d'orchestre. Cela lui valu l'estime de ses amis et la crainte de ces ennemis. Cependant, ce manque de rigueur économique qui fait que chacun se sert laissait libre cour à la corruption et infantilisait le peuple, le rendant étranger à ses responsabilités. Forcément, une dizaine d'année après le miracle éburnéen, l'engrenage de l'économie se grippa. Fhob désemparé fit appel à Sory ; l'un de ses protégés ; qui avait été, dans sa jeunesse, sous la protection des dieux. Les dieux lui avaient consenti un peu de leurs pouvoirs. Fhob ne trouva donc pas mieux que lui pour redresser l'économie d'Eburnie qui sombrait. A l'arrivée de Sory, des voix éburnéennes s'élevèrent pour dire qu'il n'était pas fils d'Eburnie, mais d'une parcelle voisine. Ses aïeux y ayant vécu avant que les dieux aient procédé à leur partage des terres sur une carte. La plus fervente de ses voix de protestations était celle de Roland Boulange que ses détracteurs surnommaient R. Boulanger en référence à son habileté à rouler ses ennemis dans la farine. Il était le plus ancien opposant à Fhob. Naturellement, Fhob et ses proches défendirent Sory d'une seule voix soutenant qu'il était bien éburnéen.

Fhob avait pensé à tout sauf à sa succession. Il avait fini lui-même par croire aux légendes qu'on racontait à son sujet et qu'il avait contribué à alimenter. Il s'est cru immortel. Et pourtant un jour, il mourût.

Dès l'annonce officielle du décès de Fhob, Fakéssa le chef des législateurs alla au delà de ce que lui conférait la constitution. Il s'autoproclama chef tout puissant d'Eburnie alors que la constitution lui donnait juste le droit de gérer temporairement les affaires courantes du poste désormais vacant de chef d'Eburnie en attendant que le peuple éburnéen se choisisse un nouveau chef. Dès son arrivée au pouvoir, Fakéssa n'eut de cesse qu'à tout mettre en œuvre pour s'éterniser à la tête d'Eburnie. Il était prêt à tout pour arriver à ses fins, même à mettre en péril l'unité entre les éburnéens. Cette unité fragilisée par des difficultés économiques de plus en plus ressenties par la population.

Diviser pour mieux régner. D'autres petits chefs machiavéliques avaient appliqué ce principe avant lui. Il fit sien cette doctrine. Il ne s'arrêta pas là. Il créa le concept d'éburnité qui ; sur des bases scandaleusement arbitraires ; donna naissance à deux catégories d'éburnéens. Les vrais éburnéens étaient ceux de son camp et ceux qui lui étaient hostiles étaient taxés de faux éburnéens, d'étrangers.

Fakéssa venait de créer un concept inique et nauséabond. Son but était de susciter chez ses compatriotes un sentiment de nationalisme exacerbé et leur servir comme cible Sory, son principal adversaire dont l'éburnité avait été à l'origine de tant de discussion. Fakéssa était loin de se douter de la portée désastreuse de cette tactique. Les ébunéens se sont emparés de l'éburnité pour trouver un bouc émissaire à tous leurs malheurs. Au delà des ressortissants étrangers, chaque éburnéen de même culture, de même religion ou de même région que Sory était pointé du doigt. Cette situation où les éburnéens se regardaient en chien de faïence était une véritable poudrière. Qui donc allait y mettre le feu ?

Entra en scène Roberto, le matin d'un jour de fête. Aidé de quelques gens peut-être assoiffés de justice, peut-être assoiffés de notoriété, il bouta Fakéssa hors du trône de chef.

Roberto disait vouloir réconcilier les éburnéens entre eux. Comme cela correspondait au désir profond du peuple, on l'acclama. Il prétendait n'être animé par aucune soif de pouvoir et que son action était purement altruiste. On le crut. Très vite, Roberto prit goût au pouvoir ou plutôt aux vices qui s'y rattachent. Il décida donc de s'y accrocher. Il n'avait pas à faire preuve de beaucoup d'imagination pour créer l'instrument qui allait lui permettre de se maintenir au pouvoir vaille que vaille. Le terrain avait été préalablement préparé par son prédécesseur qui avait eu aussi à une époque la même envie. L'éburnité existait déjà. Il allait s'en servir. Il réveilla donc ce démon qu'il avait pourtant promis d'éradiquer. Mais cette fois, à ses propres fins, car de lui aussi, Sory était la hantise puisqu'il était le seul prétendant au trône, dont on était sûr qu'il recueillait l'assentiment d'une bonne partie du peuple. Pour avoir la caution morale de ses pairs des autres territoires et pour calmer son peuple en ébullition, Roberto organisa des élections prétendument démocratiques. Pour ne pas aller seul aux élections, auquel cas, la supercherie aurait été trop visible, il demanda à R. Boulanger de l'accompagner. Ils convinrent que quelque soit l'issue des élections, ils annonceraient la victoire de Roberto qui à son tour ferait de R. Boulanger son adjoint. R. Boulanger qui avait plus d'un tour dans son sac et qui avait bien mesuré l'exaspération du peuple, accepta cette mascarade. Quand s'approcha l'heure de la proclamation des résultats de l'élection, Roberto et R. Boulanger annoncèrent presque simultanément, chacun sa victoire propre. S'ensuit alors une bataille médiatique qui continua dans les rues en bataille armée. D'un coté, une poignée d'hommes de main de Roberto et de l'autre, tous les autres éburnéens car tous s'étaient sentis abusés par Roberto et avaient soif de démocratie. Très vite, Roberto sentant la situation lui échapper, s'enfuit et alla se réfugier chez les siens, dans son patelin. R. Boulanger s'installa au trône. Il vit que le trône était bon. Comme la maladie des chefs d'Eburnie était contagieuse, il fut contaminé. Il voulut comme ses prédécesseurs, s'enraciner au pouvoir. Il ressortit l'éburnité, la dépoussiéra et la remit d'actualité.

Et le manège reprit. Avec cette fois, R. Boulanger aux commandes, entraînant dans sa folle ambition personnelle, tout le peuple éburnéen.

Tous les éburnéens savaient qu'il s'en faudrait de quelques éburnéens bien inspirés pour rompre ce manège et replacer Eburnie sur les voies du progrès. En attendant, il demeurait un conflit fluctuant entre les partisans de l'éburnité et ceux qui en étaient victimes. Une chose les fédérait pourtant. C'était l'humour qu'ils avaient sur la situation de leur patrie. L'on disait en Eburnie que lorsqu'on vous raconte l'origine du conflit d'Eburnie, si vous y comprenez quelque chose, c'est qu'on vous l'a mal expliquée.

Karl n'avait pas connu l'époque où Eburnie était gouvernée par les dieux. Il avait toujours vu Fhob à la télé marchant le long des foules en liesse qui scandaient son nom. Il avait aussi toujours vu les animateurs de télévision qui citaient Fhob en prenant un air religieux. Tout était dit. Les dieux étaient partis, mais un autre « dieu » avait régné sur les éburnéens. Et ce dernier leur ressemblait. Fhob avait savamment préparé le culte de sa personnalité. Il était devenu tout naturel pour les éburnéens de jurer par Fhob ou de se sentir oint rien qu'en l'ayant touché.

Karl était un enfant tout à fait ordinaire. Du moins, le pensait-il encore en ce temps-là. Et en tant que tel, il n'avait rien à espérer de plus que les autres bambins de son âge de la part de ses proches.

Pourtant l'enfant qu'il était, était choyé par tous les siens. Parfois, il surprenait des regards de tendresse que les adultes posaient sur lui en se chuchotant des choses. Karl ne savait rien du mystère qui entourait sa naissance, ni pourquoi les adultes voyaient en lui le symbole du grand amour qu'ils appelaient de tous leurs vœux dans leurs vies parfois monotones. Karl savait cependant que tout ceci avait un lien avec le fait qu'il n'avait plus de mère, que son père avait le regard si vide et hagard et que son oncle avait pour lui, une attention si particulière. Il fallut attendre qu'il ait dix ans pour que son père veuille enfin lui raconter l'histoire de sa famille, celle de sa mère et sa propre histoire.

C'est sans un sou que Li son père débarqua dans la capitale en provenance de son village. Qu'avait-il donc en tête en quittant son charmant village sur pilotis où la pêche suffisait à faire vivre toutes les familles? Etait-ce l'amour qui avait réussi à rompre l'attachement qu'il avait pour son village et la promesse qu'il avait faite à son regretté oncle maternel de veiller sur les villageois? Il faut dire que Li était le neveu et désormais le seul héritier du chef et sorcier du village depuis que son aîné était parti. Comme le veut la coutume, son oncle lui avait transmis le flambeau à sa mort. En effet, l'on héritait des biens et des pouvoirs de son oncle maternel à une époque et en des lieux où l'on ne permettait pas de test de filiation. Les seuls liens de sang dont on ne pouvait douter étaient ceux existant entre une personne et son oncle maternel.

Et pourtant, Li venait de renoncer à ce flambeau par amour pour Vassina. Il l'avait rencontrée lors d'une de ses venues hebdomadaires en ville. Une fois par semaine, Li venait vendre le poisson en ville pour le compte de la coopérative. Vassina était sa cliente d'un jour. Li et Vassina se sont plus dès que leurs yeux furent quatre, c'est-à-dire, dès que leurs regards se croisèrent. Ils se sont amourachés l'un de l'autre. Jusqu'à ces derniers jours, ils avaient matérialisé leur idylle sporadiquement une fois par semaine.

Li plongea la main dans la poche de sa saharienne rapiécée qu'il mettait pour les grandes occasions. Et venir en ville avec le probable espoir de retrouver sa bien-aimée en était une.

Il sortit de sa poche la lettre que Vassina lui avait envoyée.

Elle lui demandait de renoncer à leur amour. Elle lui expliquait qu'elle n'avait pas pu résister aux avances de son patron.

Au début, elle avait cédé pour ne pas perdre son emploi de femme de ménage, puis elle avait fini par tomber amoureuse. A présent elle allait se marier.

Li ne pouvait s'y résoudre. Comment avait-elle pu en si peu de temps, passer de femme de ménage en amante et bientôt en épouse de ce freluquet de fonctionnaire. Et tout ce qu'ils s'étaient promis, cela n'avait-il donc plus aucune importance pour elle?

Li connaissait trop bien Vassina pour soupçonner qu'elle ne lui disait pas tout ce qui avait motivé sa lettre. Il y avait anguille sous roche. Quelques fussent les motivations de Vassina, il avait bien l'intention de les découvrir.

Pour l'instant, l'urgent était de trouver un endroit pour passer la nuit. Il regarda autour de lui et remarqua une petite maison à l'écart de ce beau lotissement fait de maisons cossues qui paraissaient se mesurer leurs grandes tailles les unes aux autres.

Li s'approcha de la petite maison et la vit de près. Elle avait une forme bizarre. On aurait dit un carré arrondit aux angles. La maison avec ses murs lézardés était coiffée d'un toit de chaume. Il en était presque sûr, elle était habitée par des pauvres. C'est donc là qu'il fallait demander l'hospitalité. Li était convaincu que les pauvres savaient partager. Peut-être se trompait-il. Cette envie de partager était la cause de leur pauvreté ou en était-elle la conséquence? L'heure n'était pas à philosopher. Il toqua à la porte. Un bambin au torse nu qui laissait apparaître des côtes saillantes et un ventre ballonné se pointa devant lui, suivi par une jeune dame qui posa sur Li un regard attendrissant et le gratifia d'un sourire. Cela lui facilita les choses. Devant la porte, en deux mots, il expliqua à la dame, les raisons de sa venue en ville et le besoin qu'il avait de s'abriter pour une nuit avant de reprendre la route le lendemain. Elle le fit entrer dans sa maison qui était faite d'une unique pièce. Elle lui offrit un bol de maïs pendant qu'elle lui préparait une couchette dans le coin de la maison. La dame vivait seule avec ses quatre enfants. Son mari avait succombé à une chute mortelle sur un chantier de construction. La société qui l'employait ne lui avait pas fourni de casque. A la mort de son mari, la dame avait demandé des comptes à la société de construction. Mais cela n'alla pas bien loin car il lui aurait fallu payer un avocat. Ce qu'elle ne pouvait pas se permettre.

Au petit matin, après s'être hâtivement lavé le visage et remercié son hôtesse, Li se dirigea vers le centre ville. Il n'eut aucune peine à trouver l'adresse qui figurait sur la lettre de Vassina. C'était un grand immeuble d'au moins douze étages. Comment allait-il s'y prendre pour retrouver l'appartement de Vassina. Il n'irait quand même pas frapper à toutes les portes. L'adresse sur la lettre de Vassina n'était pas assez précise. Et s'il allait chercher l'information sur les boîtes aux lettres? Si ça se trouve, Vassina n'y a pas son nom. Son conjoint n'y a mis que le sien. Ah ce goujat! Li était persuadé que sa belle était en souffrance. Et puis, même s'il finissait par trouver l'appartement, il n'allait quand même pas débarquer comme cela sans crier gare. Non, Vassina lui en voudrait trop.

Li était là, planté devant l'immeuble, en train de se passer en tête tous les scénarii possibles.

Il demeura dans cette posture pendant bien deux heures, ne sachant quoi faire. Il ne vit même pas Vassina qui revenait de l'usine où elle avait fait les petites mains toute la nuit.

C'est elle qui l'aperçut en premier. Elle n'en croyait pas ses yeux. Ses sentiments s'embrouillaient. Elle était à la fois heureuse de voir Li, mais elle craignait que sa présence ne porte préjudice à sa nouvelle vie. Elle se précipita sur lui, lui prit la main et avant qu'il réalise, l'entraîna dans un parc tout près. Elle l'embrassa goulûment et tout de suite après, lui asséna une gifle magistrale. C'était à n'y rien comprendre. Li ne savait pas s'il avait le droit de sourire ou d'adopter une mine triste. Il choisit de ne rien dire et de l'écouter. Vassina lui raconta combien elle avait souffert pour survivre dans cette grande ville. Li n'en savait rien. Elle lui avait toujours caché la misère qu'elle vivait. Elle voulait que leur amour ne soit entaché d'aucune autre considération.

Elle lui expliqua pourquoi elle avait accepté la proposition de ce fonctionnaire de vivre avec lui. Contrairement à ce qu'elle avait écrit dans sa lettre, elle ne l'aimait pas mais elle préférait que Li soit convaincu du contraire afin qu'il fasse le deuil de leur amour et qu'il ne vienne pas la rejoindre comme il venait de le faire. Apparemment, cela n'a servi à rien puisque Li était néanmoins venu. Décidément, il la connaissait mieux qu'elle l'imaginait.

Ils avaient tous les deux les larmes aux yeux. Ils se jetèrent dans les bras l'un de l'autre et Li lui murmura à l'oreille qu'il partait mais qu'il reviendrait la chercher. Il se leva, tourna les talons et s'en alla sans regarder en arrière en se promettant de rester en ville quitte à dormir dans les rues pour commencer,

trouver du travail, se loger enfin et revenir chercher sa belle. Il n'était plus question pour lui de retourner dans son village. Il renonçait à sa paisible vie de pêcheur et aux honneurs de sorcier du village.
C'était le prix de la liberté de Vassina.

Li se lança dans la ville, la rage au ventre et l'espoir au cœur. Il frappa aux portes de tous les bistros qu'il croisait pour demander ne serait-ce qu'une place de plongeur. Il allait traîner sur les marchés pour proposer ; moyennant quelques pièces ; son aide aux femmes et aux vieillards qui ployaient sous le poids de leurs sacs de céréales. Après plusieurs mois de dur labeur, il réussit à mettre assez d'agent de côté pour sa dulcinée et lui. Il réalisa aussitôt ses projets. Il épousa Vassina et ils s'installèrent dans un immeuble vétuste à la périphérie de la ville. Il n'en fallait pas plus pour leur bonheur.

Li était installé avec son épouse depuis peu lorsqu'une nouvelle lui parvint.

On racontait qu'un paysan originaire d'Eburnie avait fait fortune dans le territoire voisin. Mais personne n'en savait plus. Alors les rumeurs allaient bon train. La légende se construisait au fil des transmissions. Chacun y ajoutant de son imaginaire. Lorsqu'elle arriva aux oreilles de Li, elle relevait déjà du fantastique.

Cyprien croyait aux pouvoirs de Mamie Wata, la sirène. La sirène de ses pères qui était maintenant celle de ses pairs et la sienne. Mais Cyprien croyait aussi en l'aisance matérielle. Quand quelqu'un lui faisait remarquer qu'un saint homme tel qu'il se prétendait ne devrait pas être aussi attaché au matériel, Cyprien avait une parade qui clouait le bec au donneur de leçon. Il lui disait que les cuisines sont plus anciennes que les lieux de culte. Et qu'avant de lever les yeux vers le ciel, l'homme s'est d'abord assuré de s'être rempli le ventre. Cyprien aimait donc son culte mais après sa propre aisance matérielle. Naturellement chaque fois qu'il invoquait sa sirène, c'était pour lui demander de le rendre riche. On racontait que Mamie Wata avait rendu riche plus d'un. En réalité, Cyprien ne croyait qu'à moitié en l'existence de cette sirène. Mais son ambition était si forte que pour se donner de l'espoir, il se répétait : « Que l'objet de votre foi soit vrai ou faux, vous obtiendrez les mêmes résultats ». Pour mieux s'adonner à ses invocations, il se retira dans une cabane au cœur de la forêt, où il passait ses jours et ses nuits à prier. Il dressa un autel en l'honneur de la sirène dont il espérait une reconnaissance en espèces sonnantes et trébuchantes comme l'on dit.

Un matin, n'en pouvant plus de privation et de prière, il sortit de sa cabane et prit le sentier qui le menait au verger où il avait l'habitude de venir se restaurer depuis sa retraite spirituelle. Après quelques minutes de marche, sur le bas côté du sentier, près d'une termitière, Cyprien aperçu un sac de nylon noir. Il s'en approcha et vit à l'intérieur, des liasses de billet de banque, des pierres précieuses et des bijoux de tous genres. Sa réaction fut surprenante : « mais pour qui me prend-t-on. J'ai fait assez de sacrifice pour qu'on m'apporte ma richesse chez moi ». Il bouda le sac et rebroussa chemin.

Sur le chemin du retour, il rencontra deux paysans de son village et les interpella : « Eh vous deux, si ça vous dit d'être riches, vous trouverez à quelques mètres d'ici, près d'une termitière, un sac plein de biens pour vous ». Les deux paysans n'y prêtèrent pas attention mais quand ils arrivèrent à la termitière, ils virent le sac. La curiosité les poussant, ils l'ouvrirent mais au lieu de billets de banque et pierres précieuses, il y avait un essaim d'abeilles. S'estimant humiliés, ils décidèrent de donner une leçon au chenapan. Ils s'emparèrent du sac contenant l'essaim et se rendirent à la cabane de Cyprien. Par la fenêtre, ils s'assurèrent qu'il était à l'intérieur et ils y jetèrent le sac, puis s'enfuirent. Dès que le sac toucha le sol, les abeilles disparurent pour faire place aux liasses de billet de banque et aux pierres précieuses.

Cyprien n'était même pas surpris. Il avait cru en ce qu'il avait espéré au point d'être arrogant parfois.

Il venait d'obtenir gain de cause. Il prit son sac plein de richesse et rentra au village pour profiter de son nouveau statut.

Il fut accueilli au village avec l'indifférence auquel il était maintenant habitué. Son village de courageux paysans ne pouvait supporter de voir l'un des leurs ; valide qui plus est ; rester au village avec les vieux et les jeunes enfants tandis que tous les adolescents et les adultes, offraient leurs torses nus au chaud soleil et abreuvaient la terre de leurs sueurs dans les champs. Cette indifférence commençait à faire place au dédain depuis que deux paysans étaient venus raconter au village ce qu'ils croyaient être une farce que leur avait faite Cyprien.

Lorsque Cyprien se mit à se faire construire une grosse

maison, la seule qui ne fut pas en terre rouge dans le village, les uns étaient jaloux de ne pas être à sa place, les autres étaient aigris de voir ce soit- disant fainéant accéder à ce statut qu'eux ne pourraient même pas rêver.

Cependant, il ne leur en tint pas rigueur.

Plusieurs années avant, il était arrivé dans ce village au hasard de son aventure à la recherche de sa propre affirmation. Il y avait rencontré la seule fille qu'il n'ait jamais aimée. Ils se sont plus et se sont mariés. A l'époque, il était plus jeune, vigoureux et travailleur. Il ne s'attardait pas sur ce qui n'était pas perceptible par l'un de ces cinq sens. Le sort a voulu que la vie de sa jeune épouse fût courte. Depuis, il avait changé. Il était devenu plus généreux. Mais cela, personne ne l'avait remarqué vu qu'il n'avait rien d'autre que son sourire à offrir. Or le sourire dans ce village n'était pas chose rare pour qu'on le remarquât. Ce village était maintenant le sien et il avait autre chose à lui offrir que l'éclat de ses dents blanches. Il mit donc sa fortune au service du développement de ce lieu qui l'avait accueilli.
Sa fortune ne le mettait pas à l'abri de la mélancolie et de la tristesse. Une profonde tristesse le submergeait depuis qu'il était veuf. La tristesse était sa nouvelle compagne fidèle. Il ne pouvait s'en débarrasser. Il ne voulait surtout pas parce qu'il estimait que là où sa tristesse était, le souvenir de sa défunte épouse y était aussi.

C'était jour de fête en Eburnie. L'on célébrait le chef des dieux. Cette pratique qui aurait dû s'arrêter avec le départ des dieux continuait néanmoins car les habitudes qu'ils avaient inculquées aux éburnéens leur étaient ancrées dans les entrailles.

Ce jour-là, les familles se rassemblaient. Tels des pèlerins, chaque éburnéen se dirigeait vers le lieu de son enfance. C'était l'occasion pour les membres d'une même famille de se retrouver.

Depuis bien longtemps, Cyprien avait volontairement manqué ce rendez-vous.

Cette année-là pourtant, il avait un autre état d'esprit.

Cela faisait bien vingt-cinq ans que Cyprien n'était pas revenu sur le lieu de son enfance. Il avait quitté sa famille sur un coup de tête car il estimait ne pas trouver sa place parmi ses frères. Tout de suite après, il s'était aperçu du ridicule de son impulsivité. Mais il n'était pas homme à revenir sur ses décisions. Et puis, il se délectait de ce goût d'aventure qu'il n'avait pas soupçonné.

Il s'était marié puis était devenu veuf sans que sa famille n'en sache rien. Il avait souffert tout seul. En ce moment, Il n'est pas consolé mais il est apaisé. En ce moment, Il revient en famille. Ses parents ne sont plus mais ses frères se sont retrouvés avec leurs familles dans la grande maison familiale comme chaque année à la même date. Son frère cadet Li qu'il avait laissé bambin était maintenant un homme mûr. Il le reçu avec un enthousiasme débordant.

— Que tu as manqué, Cyprien ! Pourquoi ne nous as-tu pas donné de nouvelles ? Vois, tes neveux et nièces qui sont nés depuis ne te connaissent même pas.

—Je sais, je sais, je le regrette.

—Mais où étais-tu durant tout ce temps ? Les parents se sont longtemps inquiétés et ont fini par se résigner.

—Je suis allé ici et là avant de m'installer dans le territoire voisin du nord. Je me suis marié mais j'ai perdu ma bien-aimée il y a neuf ans.

—J'en suis désolé. Toutes mes condoléances. De mon coté, je me suis aussi marié et j'ai un petit garçon. D'ailleurs, je te présenterai mon épouse dès qu'elle rentrera. Elle est sortie faire des courses.

Les deux frères discutèrent longuement dans le grand salon jusqu'au moment où une jeune dame se présenta au seuil de la porte à laquelle Cyprien tournait le dos.

—Ah la voici ! Cyprien, je te présente mon épouse. S'écria Li.

Cyprien se retourna et que vit-il ? Vassina, son épouse défunte. Ebahit, bouche bée, il ne sut quoi dire. La jeune dame tourna les talons et s'éclipsa. On ne la revit plus jamais.

A califourchon sur la monture qui le menait pour la deuxième fois loin des siens, Cyprien pleurait dans l'âme. Malgré l'insistance de son frère pour le décider à rester, il s'en allait. A cet instant, il confiait sa destination à cet hybride qu'il chevauchait. Un ongulé à la grande crinière de lion et aux crocs acérés à dos duquel il voyageait et qui le défendait au besoin contre les coupeurs de routes. Il avait lui-même conçu et fabriqué sa monture.

Oui, en Eburnie les gens regardaient d'un mauvais œil certaines relations entre humains de différentes origines mais toléraient les manipulations génétiques tant qu'elles ne concernaient pas les humains. Tous s'accommodaient de cette aberrante contradiction. Alors les éburnéens rivalisaient de fantaisie. C'étaient à qui fabriquerait l'animal de compagnie ou la monture la plus originale.

Cyprien était trop perdu dans ses pensées pour choisir consciemment un chemin. L'essentiel pour lui était de s'éloigner le plus possible de cet endroit pour éviter la démence. Il ne s'expliquait pas ce qui s'était passé chez son frère. Etait-ce bien Vassina qu'il avait vue ? Pourquoi n'était-elle pas à la cité des dieux ?

Après une très longue flânerie, Cyprien se reprit et décida de retourner discuter avec son frère. Après quoi, il pourrait rentrer chez lui s'il y tenait. Il ne fallait surtout pas qu'il s'en aille une fois encore, rageur, sans explications, stipulant sur les motivations des uns et des autres et se rendant malheureux. Après tout, son frère et lui n'étaient-ils pas tous les deux embarqués dans la même galère ? Et puis cet enfant que Vassina avait eu avec Li ; même si elle l'avait eu « outre-tombe » ; n'était-il pas un peu son beau-fils en plus d'être son neveu ? Deux bonnes raisons à son sens pour ne pas disparaître de la vie du nourrisson.

Presque chaque soir, quand il fermait les yeux et qu'il en manifestait le désir, Karl s'envolait à la cité des dieux. Il s'y promenait. Pour Karl, il était tout naturel de passer d'Eburnie à la cité des dieux rien qu'en fermant les yeux le soir pour s'endormir. Il ne se doutait pas qu'il détenait là un pouvoir que ne possédaient pas ses compatriotes. Peut-être que cela lui venait de sa mère. Il est vrai que sa mère avait déjà connu la mort lorsqu'elle lui a donné la vie. Elle était donc peut-être une déesse fugueuse revenue sur terre lorsqu'elle a rencontré Li.

A la cité des dieux, Karl voyait des enfants-dieux de son âge avec lesquels il jouait, courait, blaguait. Parfois, les enfants-dieux forts de leurs divins pouvoirs s'élevaient dans les airs et allaient jouer à cache-cache derrière les nuages. Ils laissaient derrière eux Karl avant de redescendre très vite le retrouver dès qu'ils s'apercevaient de son absence. Ces enfants-dieux ne se rendaient pas compte que Karl n'était pas tout à fait comme eux.

C'est lors d'une de ses virées nocturnes que Karl assista à un conseil des dieux. Il n'était pas invité. Il n'avait pas à y être parce qu'il n'était ni dieu, ni adulte. Il s'était retrouvé là malgré lui. Ses camarades enfants-dieux l'avaient entraîné. Eux, avaient l'habitude de venir écouter en cachette les décisions qui s'y prenait. Ce n'est pas que ce qui s'y décidait les intéressait vraiment, mais c'était juste pour le plaisir de transgresser l'interdiction qui leur était faite d'y être. En cela, Karl s'identifiait à eux car lui aussi, en Eburnie, il aimait transgresser. C'était le début de son adolescence. A ce conseil, Karl ne put s'empêcher de remarquer une dame qui se tenait aux côtés du dieu-chef qui dirigeait l'assemblée. Elle avait quelque chose de solennelle. Il l'admira. Elle était sublime dans sa longue tunique blanche. Il la plaignit néanmoins. Elle avait l'air triste. Peut-être qu'elle avait des regrets de sa vie sur terre. Sa tristesse avait certainement un rapport avec la coiffe qu'elle portait. La coiffe des dieux déchus, la coiffe des dieux fautifs. Elle avait dû faire quelque chose de terrible pour être obligée d'arborer cette coiffe punitive. Elle avait quelque chose de différent. Elle éveilla sa curiosité. Ses petits camarades l'informèrent que bien qu'étant membre du conseil, elle avait fait une escapade chez les Hommes. A son retour à la cité des dieux, elle avait été mise à l'écart malgré son rang. On l'avait obligée à porter cette coiffure punitive. Depuis, elle avait été réintégrée, mais avait gardé volontairement sa coiffure. On raconte qu'elle voudrait ainsi se punir d'avoir abandonné l'enfant qu'elle a eu avec un homme.

La vie en Eburnie était de plus en plus difficile pour les

éburnéens. Karl se sentait privilégié de pouvoir s'évader à la cité des dieux tandis qu'en Eburnie les choses allaient de plus en plus mal.

Les dirigeants en étaient les responsables. Les mutations étaient rapides et très vite, Eburnie présenta un autre visage.

Le temps était à la suspicion. Des clans se formaient et se rigidifiaient autour de chaque leader.
Le décor était planté. L'ambiance générale était fixée.
Tout enfant qu'il était, Karl voyait et sentait le changement dans les rapports entre éburnéens. Les enfants faisaient écho des rapports entre les adultes. Un nouvel ingrédient était apparu dans l'éducation. Les parents recommandaient à leurs enfants de se méfier des autres. Les clans se formaient aussi dans les aires de jeux.

Malgré le climat délétère en Eburnie, les éburniens vivaient tant bien que mal, ou plutôt ils vivotaient, alternant entre des moments d'excès et des moments de manque. La manne financière leur était plus clémente parfois et d'autres fois, elle l'était moins. Les lendemains étaient incertains. Cette situation se poursuivit jusqu'à ce que Karl vit son menton se recouvrir de duvet. Il était devenu un jeune homme.

Un jour de beau soleil, la nouvelle tomba nette. Il était plus qu'urgent de demander l'intervention des dieux dans la recherche de la paix en Eburnie. Les différents protagonistes s'étaient réunis pour réfléchir aux solutions à la crise qui n'avait que trop duré. Ils avaient ravalé leurs rancœurs le temps d'une réunion. Ce n'est pas qu'ils fussent inspirés par un quelconque génie de raison. C'était plutôt que les revendications coléreuses montaient parmi les éburnéens et faisaient craindre aux dirigeants des différentes fractions rivales la perte de leurs pouvoirs. N'ayant pas réussi à s'accorder sur une solution idoine, ils s'entendirent cependant sur la nécessité de faire appel aux dieux, maîtres d'hier. Ils convinrent donc qu'il faille envoyer un émissaire chez les dieux pour demander leur aide. Et pour se faire, il leur fallait un valeureux représentant qui soit à la fois proche des dieux et proche des éburnéens. Qui mieux que Karl était indiqué pour ce rôle ? Éburnéen par son père et dieu par sa mère, il était le fruit d'un amour improbable jadis et impossible depuis le départ des dieux. Alors, il était une curiosité dont tout Eburnie suivait le parcours de près ou de loin.

Karl reçu un carton d'invitation libellé avec une déférence qui le surprit. Il venait de la chefferie et il lui était bien adressé. Il ne rêvait pas. Mais que lui voulait-on ? Aussi loin qu'il s'en souvienne, il n'avait jamais fait de problème. Il avait toujours été modeste pour ne pas se faire remarquer. Il s'était toujours effacé car son père lui avait apprit : « seul le petit serpent qui se cache, atteint l'âge adulte ». De ce dicton éburnéen, Karl avait compris qu'il devait être discret et en dire le moins possible sur lui. Il eut beau réfléchir, il ne comprenait pas les motivations de cette invitation. Il l'honora néanmoins. Il se rendit à la chefferie.

Les deux gardes déshumanisés par des formations des plus rudes et des recommandations strictes qui leur faisaient barrer la route à tout intrus, s'écartèrent pourtant pour laisser passer Karl. Quelques minutes avant, le téléphone de la guérite avait sonné et leur avait ordonné de baisser la garde à son arrivée. Dans la cour du palais, entre les bosquets d'un luxuriant jardin et des lampadaires qui brillaient en plein jour, des pancartes fléchées indiquaient la salle de réunion de la chefferie où Karl était invité à se rendre. Dans la salle de réunion, quatre paires d'yeux se braquèrent sur lui dès qu'il franchit le pas de la porte. Le chef du moment d'Eburnie et ses trois opposants le reçurent qui avec un sourire de convenance, qui avec un visage sévèrement fermé pour donner la mesure du sérieux de la situation. Après qu'ils se furent tous installés sur un coin de la grande table de réunion, le chef d'Eburnie, en maître de cérémonie prit la parole :

—Nous vous attendions monsieur, lui dit le chef R. Boulanger en passant brièvement en revue les visages de ses opposants comme pour chercher un acquiescement qui ne vint pas.

Nous avons impérativement besoin de l'arbitrage des dieux pour mettre fin au conflit qui sombre notre chère Eburnie dans la déchéance depuis trop longtemps déjà. Et nous avons pensé que vous êtes le seul à pouvoir convaincre les dieux d'accepter de nous aider. Nous savons que vous êtes un demi-dieu. Vous êtes un peu des leurs. Ils vous écouteront.

Karl savait bien que cette réunion était un simulacre d'accord sur la décision de faire intervenir les dieux. Les opposants étaient physiquement présents mais ils boudaient la réunion. Les moues qu'ils faisaient lorsque R. Boulanger parlait en disaient long sur leur pessimisme quant à l'issue favorable de la crise. Karl non plus ne se faisait pas d'illusion. Il savait qu'aucune décision sortie de l'arbitrage ne satisferait tous les protagonistes. Chacun espérant une décision qui lui permette de surclasser les autres. Et aucun d'eux n'était assez altruiste pour se préoccuper de l'intérêt supérieur d'Eburnie avant le sien propre. Ce bras de fer à quatre profitait à R. Boulanger car tant qu'une solution n'était pas trouvée, il restait le chef au grand dam de ses opposants. Mais, Karl n'était pas là pour débattre. Il ne se sentait d'ailleurs pas de taille à affronter la mauvaise foi de ces politiciens.

Karl prit congé de ses hôtes. En franchissant le portail du palais, il laissa ses pensées flirter avec ses amours. Il songea à sa bien-aimée qui devait en ce moment souffrir les affres de l'éburnité à cause du prénom à consonance étrangère qu'elle portait.

Karl se rendit à la cité des dieux. Il montait deux à deux les marches de l'escalier qui le menaient au septième étage de la tour où se concentraient les bureaux de tous les dieux qui étaient aux responsabilités.

Il s'était impatienté à attendre l'ascenseur. Déjà au troisième étage, il se demandait s'il avait eu raison d'emprunter l'escalier car il transpirait sous sa tunique d'un blanc immaculé qu'il portait pour l'occasion.

Lorsqu'il arriva enfin au septième étage, il s'aperçut qu'il donnait sur une seule porte énorme à deux battants tout en ivoire. Il leva la main et avant qu'il toqua à la porte, celle-ci s'ouvrit laissant jaillir une éclatante lumière blanche qui l'éblouit à l'aveugler. Lorsque ses yeux s'accoutumèrent à cette lumière, il vit debout devant lui, le dieu-chef qui plongeait dans son regard, le sien. Karl voulut reculer d'un pas mais se heurta à la porte qui s'était refermée derrière lui.

Après ce face à face qui ressemblait à une défiance réciproque, le dieu-chef invita Karl à s'asseoir dans l'un des deux immenses fauteuils réservés aux visiteurs. Karl n'entendait pas l'invitation, trop occupé à promener son regard dans la vaste pièce du bureau, émerveillé par la beauté et la clarté des lieux.

Quand enfin, il se fut installé, le dieu-chef sonna une clochette et un jeune dieu entra dans le bureau poussant devant lui un chariot d'où pendait des tas de papier. Le jeune dieu laissa là le chariot et ressortit sans dire un mot. Le dieu-chef y plongea la main, en ressortit des feuilles solidarisées par un simple filin élastique. Les feuilleta assidument en ignorant Karl qui restait calme comme intimidé par les lieux.

Diénébou avançait résolument vers l'ailleurs. Toute sa vie passée tenait à présent dans le baluchon qu'elle tenait sous le bras. Elle s'était précipitamment emparée de quelques photos et d'objets de souvenir qui lui rappelaient l'ouest d'Eburnie où elle avait été affectée voilà cinq ans comme institutrice. Elle s'y était plue et n'avait jamais projeté de quitter cette région n'eût été les évènements des dernières heures.

Elle était dans la cabane de tôle qui faisait office de douche dans le coin de la grande cour où une rangée de petites maisons d'une pièce qu'on appelait « entrer-coucher » logeait des jeunes fonctionnaires ou étudiants à des prix dérisoires mais trop élevés pour la qualité de vie qu'on pouvait y avoir.

Des hommes avaient pénétré dans la cour en faisant beaucoup de bruits. Ils s'étaient dirigés vers l' « entrer-coucher » de Diénébou et avaient violemment fracassé la porte en vociférant des insultes et des menaces. Ils en avaient après elle parce qu'elle aurait tenu des propos à l'encontre du chef d'Eburnie. Lors d'une conversation entre collègues, elle aurait dit qu'elle désapprouvait les méthodes anti-démocratiques du chef d'Eburnie. C'est l'un de ses collègues qui l'aurait dénoncée auprès des autorités. Elle était recherchée pour propos visant à déstabiliser un régime. Son nom n'arrangeait pas les choses en cette période de regain de nationalisme instrumenté. Elle qui avait un nom à consonance étrangère ou du moins décrété comme tel par le pouvoir en place.

De sa douche, elle entendait tout. Assise à même le sol, recroquevillée sur elle-même, tremblante de tout son corps, elle attendait. Elle n'était pas si pressée d'être expédiée au royaume des dieux. Comme tout le monde, elle s'était attachée à sa vie sur terre. Elle y tenait.

Après avoir mis la maison de Diénébou sans dessus-dessous, les hommes de l' « escadron des expéditeurs » s'en allèrent en jurant. Diénébou attendit une dizaine de minutes afin de s'assurer qu'ils étaient bien partis, puis elle sortit de sa douche, sa serviette à la taille et le torse nu. Elle entra en courant dans sa maison, manquant de se cogner la tête sur l'encadrement de la porte. Elle mit un tee-shirt et un bermuda qu'elle avait à portée de main, prépara un baluchon et fit quelques pas vers la porte de sortie. Alors qu'elle était dehors, elle stoppa net. Revint sur ses pas. Sur le lit, en plein milieu de la pièce, prit un mouchoir de tissu carré, le plia selon la diagonale pour en faire un triangle qu'elle noua sur la tête. Coiffée de ce fichu, elle sortit l'air victorieuse comme si elle venait de faire un doigt d'honneur à ses persécuteurs. Elle à qui on reprochait à tort ; en définitive ; de venir de cette région où les femmes mettent traditionnellement des foulards. De nouer son fichu, elle avait soudainement l'impression de renouer avec ses élans de défenseur des persécutés comme à l'époque de la faculté. Elle ne s'en était jamais réclamée depuis. Cela ne fut jamais utile. Les éburnéens avaient toujours vécu en bonne entente. Même si des cas particuliers avaient titillé les différences, jamais un clivage ethnique n'avait eu cette ampleur en Eburnie. Elle se souvint de la bonne époque de son enfance. Elle se souvint de ses parents.

Ses parents ; originaires de régions différentes ; étaient à l'image de la plupart des couples qu'on rencontrait sur cette partie de la terre. Et pourtant en son temps, leur union avait fait jaser plus d'un, car les peuples se considéraient encore comme tributs ou ethnies. Il faut dire qu'alors, au lendemain des autonomies, ces nouveaux territoires avaient été dessinés dans des contrés éloignés par des gens qui ignoraient tout de la vie de ceux dont ils s'appropriaient l'existence. Les nouvelles frontières naturelles ou artificielles avaient été décidées sans tenir compte des appartenances ethniques ou tribales des autochtones des terres. Ainsi des peuples ennemis qui se faisaient la guerre hier seulement, se trouvaient compatriotes. A contrario, des peuples frères ou même des membres de familles entières se trouvaient séparés et ressortissants de pays différents selon qu'ils se trouvaient à tel ou tel autre endroit lors du tracé des frontières. Ces nouveaux compatriotes devraient donc apprendre à vivre ensemble mais aussi à avoir des rapports cordiaux avec les habitants des territoires voisins car ils avaient qui un frère, qui un oncle dans le territoire voisin.

Dans son enfance, Diénébou jouait à la marelle dans la poussière devant la cour familiale avec les gamines de son âge. Elle jetait de temps à autre des coups d'œil furtifs en direction de ses parents, assis en tailleur sur une natte posée à même la dalle qui faisait office de terrasse. Elle se réjouissait de voir ses parents si complices. Et tant pis si cette complicité, parfois était à ses dépends, lorsque ses parents se mettaient d'accord pour la punir de ses incartades. Il lui semblait que ses parents avaient toujours été faits pour être ensemble. Elle était loin de se douter de toutes les tentatives de désunion qu'avaient orchestrées les réfractaires qui avaient encore du mal à se faire au concept de nation plutôt qu'à celui d'ethnie.

Diénébou avait grandi harmonieusement sur cette terre cosmopolite où tout le monde était finalement devenu cousin de tout le monde. Et où les gens s'aimaient beaucoup tout en véhiculant des rumeurs de clichés sur les habitants de chaque région. Ainsi les originaires du nord-ouest avaient le sens des affaires mais étaient cupides. Leurs femmes avaient de beaux visages mais des jambes trop minces. Les originaires de l'ouest étaient très beaux et avaient un sens aigu du rythme mais ils étaient bagarreurs et paresseux. Leurs femmes étaient stéatopyges. Les originaires du centre étaient de petites tailles. Ils étaient pacifiques mais peureux et hypocrites. Ceux de l'est étaient intelligents mais égoïstes. Ceux du nord-est étaient courageux mais sorciers...

Tous ces préjugés animaient les relations en bon enfant. Les personnes concernées s'en délectaient aussi et parfois même s'en énorgueillaient. Tout le monde s'aimait bien.

Se nourrissant au gré des arbres qui laissaient tomber leurs trop plein de fruits qui leur pesaient et se désaltérant dans les flaques d'eau de pluies abondantes des jours précédents, Diénébou trottinait, haletante.

Après plusieurs jours de trot et de marche, les pieds nus à travers monts et vaux et sur les sentiers caillouteux des forêts, Diénébou arriva à l'orée d'un petit bourg. Elle s'avança craintive vers les premières maisons. Elle était trop épuisée pour se permettre de passer son chemin. Ses pieds endoloris et saignants ne l'auraient pas suivie. Et que ferait-elle si le bourg était habité par des personnes qui lui étaient hostiles ? Tant pis, ce risque était à prendre. Elle s'avança encore. Des enfants qui jouaient l'aperçurent. Comme ils le faisaient chaque fois qu'un étranger arrivait dans leur village, ils s'approchèrent d'elle et la pressèrent de questions. Mais elle était trop faible pour entamer la moindre discussion. Elle s'écroula.

Quand elle reprit connaissance, elle garda les yeux fermés et tendit l'oreille. Des rires et des cris dehors l'étonnèrent. A croire que les remous sociaux qui secouaient tout Eburnie avaient épargné cet endroit. Diénébou ouvrit imperceptiblement un œil. Près du lit qui l'accueillait, un homme d'un âge mûr était assis. Il la regardait tendrement avec un sourire qui laissait apparaître des dents d'une étonnante blancheur. Prise en flagrant délit de simulation de sommeil, elle se résolut à ouvrir les yeux et à s'asseoir sur le lit sans détourner le regard de son hôte.

Cyprien devina que Diénébou avait besoin d'être rassurée, même si elle feignait une quiétude. Il lui expliqua que lorsqu'elle perdit connaissance, les enfants l'ont transportée chez l'ancien du bourg qui la fit soigner puis réunit un conseil pour décider de celui qui aurait l'honneur d'accueillir la nouvelle venue. Comme Cyprien avait une grande maison et y vivait seul, le rôle lui revint d'héberger Diénébou.

Diénébou ne put s'empêcher de penser que ce bourg était non seulement perdu dans un coin d'Eburnie mais était aussi perdu dans un coin oublié d'époque ancienne. La gérontocratie y régnait encore.

L'ancien qui l'avait soignée en premier lieu était le chef du bourg. En bon chef qu'il était, il s'enquerrait de ses administrés. Chaque matin, flanqué d'une espèce de chien à la tête démesurée et au corps frêle, il faisait le tour de toutes les maisons pour prendre des nouvelles des familles. Et chaque matin, il voyait l'état et l'humeur de Diénébou s'améliorer. Cela le réjouissait. Il en fit part à Diénébou. Elle s'émut. Ces gens qui la connaissaient à peine, et pourtant qui prenaient tant soin d'elle comme si elle avait toujours été des leurs !

Très peu de jours furent nécessaires pour que Diénébou et Cyprien s'apprivoisent. Ils avaient trop besoin de se confier pour que le mur qui les séparait résistât. Pendant qu'ils partageaient des tranches de gibier séché, Diénébou parla à Cyprien des faits qui avaient été à l'origine de sa fuite forcée. Elle lui fit part de son plus grand regret.

Celui de n'avoir pas pu informer son amoureux de son départ. Tant ce départ fut précipité. Jamais Karl et Diénébou n'étaient restés plus d'une journée sans prendre des nouvelles l'un de l'autre depuis leur enfance, car amis d'enfance, ils l'avaient été avant d'être amoureux. Dès que Cyprien entendit le prénom Karl, sa curiosité le titilla. Il chercha des informations complémentaires en demandant à Diénébou de décrire son Karl. Il n'y avait pas de doute. Il s'agissait bien de son neveu. Il lâcha sans ménagement à Diénébou : « C'est mon neveu. Ton amoureux est mon neveu ». Savourant encore l'effet que devait faire cette révélation soudaine, Cyprien ne s'aperçut pas que Diénébou s'était remise de sa surprise. Le hasard, elle connaissait. Elle s'avait que les événements avaient tendance parfois à se glisser dans les méats étroits du probable. Elle s'était faite à l'idée que rien n'était impossible. Et pourtant, elle n'était pas blasée. Il lui arrivait quand même d'être surprise et de montrer son étonnement. C'était juste que le champ des choses qui l'étonnaient fût restreint. Elle vit que, tandis qu'il se racontait, Cyprien la scrutait du regard comme s'il observait sa réaction à chaque phrase. Il ponctuait son récit de courts silences comme s'il la laissait se reprendre des émotions qu'il lui présupposait. Elle feignit la surprise. Si seulement Cyprien savait que la jeune fille qui écarquillait les yeux d'étonnement à chacune de ses phrases détenait une information qui ; si elle la lui donnait ; l'aurait ébranlé. Il serait tombé de sa chaise d'apprendre que Diénébou était la fille de Fakessa, l'inventeur de l'éburnité. Il était déjà loin, le temps où ce dernier bravait les idées grégaires et affichait son goût des différences. Il avait même donné à sa fille un prénom non éburnéen en hommage à la dame qui l'avait hébergé lorsqu'il faisait ses études dans le territoire voisin. Depuis, la politique l'avait transformé. Pour arriver à ses fins, il avait renié ses convictions profondes. Sa fille, sa chair subissait ; dès lors ; les ravages de l'éburnité, son autre enfant.

L'« escadron des expéditeurs » continuait de sévir et plus que jamais. Des échos parvenaient aux oreilles de Diénébou par la voie des ondes. Lorsqu'elle est arrivée dans ce bourg et qu'elle a constaté avec étonnement son étrange isolement du reste d'Eburnie, elle a d'abord trouvé que cela était apaisant. Puis elle s'est inquiétée de ne rien savoir de ce qui se passait au delà de ce paisible patelin. Elle voulut s'informer. Elle en fit part à Cyprien. Ce dernier gardait dans une vieille malle poussiéreuse, les reliques d'un lointain voyage en ville d'où il avait ramené entre autres objets, un transistor qu'il n'avait d'ailleurs jamais utilisé. Diénébou avait fait sien, le transistor de Cyprien. Elle écoutait régulièrement la radio. Et chaque fois, on annonçait la disparition d'une personnalité. Tout cela effrayait Diénébou. Elle ne se préoccupait pas seulement de son sort. Elle s'inquiétait aussi du futur obscur qui se dessinait dans le ciel d'Eburnie. Pour Diénébou, l'instigateur de cette chasse à l'homme était certes R. Boulanger mais tous les éburnéens étaient complices. Ceux des éburnéens qui arrivaient dans les sphères du pouvoir, plutôt que de penser à l'intérêt commun, se prélassaient dans une opulence égoïste. Les autres qui squattaient les étages inférieurs du niveau social ; plutôt que d'exiger un chef rassembleur ; confiaient leur destinée à un diviseur de peuple tant qu'il avait pour lui la force et la violence. C'était donc vrai que les peuples avaient les dirigeants qu'ils méritaient.

Dans le bureau du dieu-chef, avant que Karl n'exposât les raisons de sa visite, le dieu-chef lui lança : « alors ces éburnéens ne savent toujours pas se débrouiller seuls ! ». Karl reçu cette remarque comme une insulte.

Et pourtant, il était bien obligé de reconnaître l'exactitude de ces propos. Les éburnéens comme tous leurs voisins n'avaient-ils pas arraché leur autonomie aux dieux en arguant le droit à l'indépendance ? Puis les chefs successifs d'Eburnie n'avaient-ils pas monnayé cette indépendance contre leurs aisances personnelles ? Les ennemis des éburnéens étaient les éburnéens. Ils n'avaient qu'à s'en prendre à eux-mêmes. C'était un point de vue.

Leurs difficultés à s'autogérer, l'infantilisme de leurs dirigeants, leurs complexes qui les embourbaient dans un présent éternel dépourvu de futur proche ou lointain. Tout ceci était la conséquence d'un conditionnement qu'ils avaient subi de la part des dieux du temps où ils cohabitaient avec ces derniers. C'était un autre point de vue.

« Ils attendent de nous que nous les aidions à se sortir de cette ornière dans laquelle ils se sont eux-mêmes engouffrés. Eh oui, nous savons tout » dit calmement le dieu-chef. « Ils auraient dû y penser avant de nous bouter hors de chez eux comme des malpropres. Quelle ingratitude ! Certes ils n'avaient pas les mêmes droits et libertés que nous. Mais entre eux, ils avaient les mêmes droits car nous les traitions tous de la même façon. Le seul critère qui valait à nos yeux était le fait d'être dieu ou pas. Pour la liberté, ils étaient libres tant qu'ils restaient entre eux. Mais au moins, lorsque nous y étions, il y avait la paix. Ils ont voulu la liberté. Pour cela ils ont risqué la paix. Maintenant, ils n'ont ni la liberté, ni la paix. Je suis sûr que vous comprenez ce que nous autres dieux pouvons ressentir, car vous êtes un peu des nôtres, n'est-ce pas ? Nous savons tout. Je vous l'ai dit. Nous savons tout ». Conclut-il, presque essoufflé après cette longue tirade.

Karl ne savait pas quoi répondre. Il était partagé. En Eburnie, il avait toujours fait semblant de ne rien voir. Il s'était même refusé de réfléchir sérieusement à la situation d'Eburnie car il ne voulait pas avoir d'avis. Il craignait qu'en ayant un avis, il finisse tôt ou tard à le partager. Il savait trop bien que c'était là que les ennuis commenceraient. Et cela, quoique fusse son avis. S'il penchait du côté du pouvoir, il serait persona non grata parmi les siens et il finirait seul. S'il penchait du côté de la population, il s'attirerait les foudres du pouvoir. Habituellement, il était plus sage de ne pas prendre de position. Mais à cet instant, il éprouvait un sentiment dont il s'était toujours préservé : l'attachement pour son Eburnie natale. Il se surprit de colère à penser que les éburnéens n'avaient qu'à s'en prendre à eux-mêmes pour ce qui leur arrivait. En même temps, il se surprit de rage d'entendre les remarques déplaisantes du dieu-chef au sujet d'Eburnie. Comme une mère aimante qui critique son enfant qui l'a déçu, mais qui s'insurge contre une tierce personne qui émet la moindre critique au sujet du décevant enfant.

Le dieu-chef reprit : « Force est de reconnaître qu'ils ont choisi judicieusement leur émissaire. En vous envoyant, ils savaient que nous aurions du mal à refuser leur demande. Vous êtes désormais le seul lien entre eux et nous. Pour être honnête, nous aurions préféré que vous n'existiez point. N'eut été la désobéissance d'une des nôtres, nous n'aurions plus rien à faire avec Eburnie. Nous avons dans notre règlement l'obligation de secourir et soutenir tous nos ressortissants et vous en êtes. C'est volontiers que nous vous accueillerons définitivement dans notre cité. Vous y avez votre place. Votre mère souffre de vous savoir loin d'elle dans ce monde de fous.

Elle n'a jamais cessé de s'infliger elle-même la punition suprême des dieux fautifs. Elle a le sentiment de vous avoir abandonné. Vous devez la soulager en venant vivre auprès d'elle. Vous ne pourrez rien pour ces éburnéens ».

Karl se dit avec beaucoup d'émotion que la dame qu'il avait entr'aperçue au conseil alors qu'il était enfant était peut-être sa mère. Il était plus que jamais désemparé. Trop d'informations à digérer. Il était sonné. Bouche ouverte, il fixait le dieu-chef sans sourciller comme s'il était tétanisé. Il voyait le dieu-chef remuer les lèvres mais il n'entendait rien.

Le dieu-chef était quand même un curieux personnage. Il débitait ses propos sans se préoccuper de leur impact sur son interlocuteur. Il devait en faire des ravages parmi ses administrés ! Lorsque le son lui revint, Karl entendit : « …ou bien, qu'ils vous confient les rennes du pouvoir en Eburnie. C'est la seule condition pour que nous daignons aider Eburnie à retrouver son aura d'antan ».

Karl n'était jamais resté aussi longtemps à la cité des dieux. Il savait que son séjour serait long. Il avait pris ses dispositions en Eburnie. A son entourage, il avait prétexté un voyage, avant de s'enfermer dans sa chambre. Il s'était étendu tout détendu sur son lit et avait transité à la cité des dieux.

Le temps était venu pour lui de rentrer en Eburnie pour rendre compte de la commission qu'on lui avait assignée. Il appréhendait ce moment car il redoutait la réaction des candidats au pouvoir. S'il leur rapportait fidèlement les propos du dieu-chef, il déclencherait leur colère car ils verraient désormais en lui un nouvel adversaire et pas n'importe lequel. Un adversaire ayant la caution des dieux. Karl analysa rapidement la situation dans son esprit alerte et comprit que cette éventualité bien qu'étant à son péril, serait avantageuse pour Eburnie. En effet, les candidats au pouvoir en Eburnie auraient un ennemi commun en la personne de Karl et des dieux et de fait, s'uniraient nécessairement pour y faire face. Ils seraient alors contraints d'oublier pour un temps au moins, leurs querelles intestines pour faire face ensemble à une menace plus grande. Mais pourquoi devrait-il se sacrifier pour la bonne entente et la paix en Eburnie ? Au nom de quel patriotisme devrait-il prendre le risque d'être tué en Eburnie et transiter définitivement à la cité des dieux ? Lui qui ne s'était jamais senti patriote pour un sou. Et puis, n'était-ce pas agréable d'aller d'un monde à l'autre comme il le faisait ? Pourquoi devrait-il renoncer à ce qu'il estimait être un luxe et être condamné prématurément à rester dans un seul monde ? Au fond, tout ce plaidoyer que Karl se faisait à lui-même pour se convaincre de la nécessité crucial de rentrer en Eburnie et d'y faire profil bas, n'était qu'une tentative d'être raisonnable et rationnel. La réalité était que Karl avait des raisons plus émotionnelles. L'amour et l'attachement qu'il avait pour Diénébou ne lui permettaient aucun écart qui ait pour conséquence de les obliger à vivre dans deux mondes séparés.

C'était décidé. Il irait en Eburnie et il userait de diplomatie. Il ferait patienter R. Boulanger et ses adversaires en leur disant que les dieux s'accordaient quelque temps de réflexion. Peut-être que entre temps, les éburnéens trouveraient d'eux-mêmes une solution à leur crise.

Pour ce qui était de sa mère, il n'y avait pas d'urgence. Elle ne risquait plus d'être expédiée dans un autre monde. Il reviendrait la retrouver plus tard à la cité des dieux.

Quand Karl revint à lui en Eburnie, il n'avait qu'une chose en tête : aller retrouver Diénébou. Comme de la cité des dieux, on pouvait voir tout ce qui se passait sur terre, il avait vu Diénébou chez Cyprien, son oncle. Il prit quelques affaires et fonça en courant dans la direction du paisible village qui avait accueilli Diénébou. Il avait la bizarre impression que d'aller prendre un billet à la gare et attendre l'heure du départ du car, lui ferait perdre plus de temps que de parcourir en courant la centaine de kilomètres qui le séparait du village. Dès qu'il s'agissait de Diénébou, la passion l'emportait sur la raison et la rationalité n'était plus au rendez-vous. Après quelques foulées, il se reprit néanmoins et bifurqua vers la gare d'où il partit pour le village. Après plusieurs minutes de trajet qui lui semblèrent une éternité, le car s'arrêta en bordure de chemin. L'apprenti, un jeune homme ; qui travaillait de concert avec le chauffeur ; informa Karl qu'il était arrivé à destination. Il lui indiqua un sentier qui s'enfonçait dans la forêt et qu'il devait emprunter. Le village se trouvait au bout.

D'après ce qu'il savait, le village se trouvait derrière cette colline qu'il pouvait apercevoir à quelques centaines de mètres. Il hâta le pas.

Il arriva enfin au sommet de la colline. C'est alors qu'il distingua en contrebas, un long filet de fumée blanche qui emportait vers le ciel tout ce que le feu venait de consumer.

Il courut, dévala ne sut comment, la pente qui lui semblait devenir plus abrupte. Plus il se rapprochait de son but, mieux il pouvait apprécier le dégât. Ce qu'il reconnut comme étant un jardin qui ceinturait le village avait été saccagé. Ce jardin servait de pharmacie et primeur gratuits à ciel ouvert pour tout le village. Les anciens y faisaient pousser des plantes médicinales et des fruits quand les bras plus valides étaient dans les champs.

Quand enfin, il arriva dans le village, il ne vit, ni n'entendit âme qui vive. Des ustensiles de cuisines traînaient çà et là.

Désemparé, il déambula dans le village, essayant de trouver un indice qui le rassure. Par terre, dans la poussière, il reconnut le mouchoir de tissu qu'il avait offert à Diénébou et dont elle se servait comme foulard.

Des hommes étaient arrivés à l'aube dans des grosses voitures vrombissant d'insolents bruits de moteurs. Ils avaient défoncé les portes des maisons, en avaient sorti avec violence tous les occupants et les avaient réunis au centre du village. Ils avaient l'ordre d'intimider ces paisibles villageois qui vivaient à l'écart des remous d'Eburnie. Pour R. Boulanger, ne pas l'aduler était un affront. Pour lui, ces éburnéens qui s'autogéraient et ignoraient les politiques étaient des rebelles. C'est pourquoi, il avait envoyé l'« escadron des expéditeurs » pour leur donner une leçon. Après que les «expéditeurs» aient réuni les villageois, ils leur demandèrent de quitter le village et ils y mirent le feu.

Derrière un bosquet encore fumant, Karl aperçut les pieds d'une femme. Sa respiration s'accéléra. Il connaissait trop bien sa belle. Il s'attendit donc à faire la plus horrible découverte de sa vie. Il se pressa derrière le bosquet et découvrit baignant dans une flaque de sang Diénébou agonisante. Il se précipita, la prit dans ses bras. Elle eu juste le temps de lui dire qu'elle a reçu un coup de crosse de fusil en voulant s'opposer à ces tueurs. Elle lui sourit et s'éteignit.

Karl se releva, fixa l'horizon derrière lequel le soleil commençait à se dissimuler donnant aux nuages des couleurs vives. Il se décida. Jamais auparavant, il n'avait su avec autant de certitude ce qu'il avait à faire.

Il ne lui restait plus qu'à retourner définitivement à la cité des dieux. Diénébou y était désormais et à jamais.

Karl était dans un état de demi-conscience. Des bribes de proverbes éburnéens lui revenaient en boucle à l'esprit. Il ne savait pas s'il les entendait ou s'il les pensait. Toujours est-il que deux d'entre eux retenaient son attention car ils se prêtaient parfaitement à la situation du moment :

— « Le rôle du fermier se limite à mettre le coq dans son poulailler. Une fois dans son poulailler, que le coq mette la tête par-ci ou par-là, cela est l'affaire du coq ».

Les dieux avaient certes une responsabilité lointaine dans les difficultés économiques et sociales d'Eburnie. Mais depuis leur départ, la gestion d'Eburnie et les drames qui s'en sont suivis sont du seul fait des éburnéens.

— « Tandis que nos semblables s'achètent des chevaux, nous nous disputons les queues de chevaux ».

Le train du progrès passe avec à son bord, les peuples. Les éburnéens le regardent passer, trop occupés à des vénalités ébo-éburnéennes.